# Begraben

im Weiher
von
Rabland

Novelle
von
KhBeyer

**Vorwort**

Alle
Namen,
Personen,
Handlungen
und
Gewerbebezeichnungen
sind frei
erfunden.
Es gibt Ausnahmen.
Diese Personen
möchten gern
mit ihrem
Namen
erwähnt werden.
Ich danke
meinen Nachbarn und
Bekannten.

## Der Fund

Schorsch, ein Lastwagenfahrer aus Partschins, fährt mit seiner Ape früh zum Maschinenparkplatz der Firma Gossenbau aus Partschins. Den mobilen Maschinenpark hat die Firma gleich zwischen dem örtlichen Freizeitplatz und dem Weiher eingerichtet. Schorsch muss jetzt nicht mehr die örtlichen Kleingärtner mit seinem Feinstaub beglücken.
Er arbeitet beim Gossenbau, weil er alle Maschinen der Baufirma bedienen und fahren kann. Schorsch ist ein Spezialist. Schorsch ist mitverantwortlich für die Feinstaubbelastung auf unseren Salaten, Balkonen und in unseren Wohnzimmern. Er ist eifrig und hat es immer eilig. Mit seinem Kipper sorgt Schorsch auch für ausreichend Arbeitsmöglichkeiten in unseren Haushalten. Was würden unsere Frauen tun ohne Schorsch? Dank Schorsch, haben sie die Möglichkeit, jeden zweiten Tag ihren Balkon und ihre Wohnung zu entstauben. Schorsch arbeitet nicht nur eifrig. Er schafft auch Arbeitsplätze. Frei nach dem Sprichwort: Hauptsache wir sind gesund und unsere Weiber haben eine Arbeit.
Der Bagger springt widerwillig an. Schorsch wirkt noch etwas verzaubert. Das letzte Bier gestern, muss überflüssig gewesen sein. Er nimmt sich für heute vor, ein Bier weniger zu trinken.

Der Bagger läuft und es kann los gehen. Bis in den Weiher sind es ein paar Meter. Den Weg dahin hat Schorsch schon fein präpariert.

Der Weiher muss neu aufgebaut werden. Den Boden des Weihers hat Schorsch schon abgetragen. Eine neue Schicht wird aufgelegt. Eine falsche Pflanze hat sich dort nieder gelassen und vermehrt. Keine einheimische. Ein Aquarianer und Zierfischliebhaber hat in den Weiher oder dessen Zufluss, seine Lieblinge samt ihrem Möbel entsorgt. Offensichtlich war es mit der Liebe vorbei als er die neue Stromabrechnung bekam.

Die Landschaftsgestaltung kommt dem Ort eigentlich gelegen. Partschins hatte vor einigen Jahren den Besuch einer bösen Mure. Und die führte genau das massenhaft ins Tal, was für den Weiherbau benötigt wird. Vielleicht hat die Mure auch das Aquarium erwischt. Wir wissen es nicht. Immerhin sind der Mure reichlich Häuser, Hasen- und Ziegenställe zum Opfer gefallen. Unsere Hühner und Gänse konnten, Gott sei Dank, flüchten. Unsere Frauen waren nicht in Gefahr. Die örtlichen Cafés wurden zum Glück nicht beschädigt.

Auf dem Weg in den Weiher sieht Schorsch eine Handtasche liegen. Er dachte, vielleicht ist Etwas drinnen. Er hält an und durchsucht den Inhalt. Vom Tampon bis zu etwas Geld, ist Alles drin. Auch eine

Bürgerkarte. Ema, steht unter Namen. Ema kommt aus der Slowakei. Dem Bild nach, ist sie schön. Schorsch wird von einer kleinen Hoffnung befallen. Vielleicht sucht Ema noch einen Mann? Er will in Erfahrung bringen, wo sie arbeitet.

Schorsch fährt mit seiner Raupe auf einen Haufen Steine zu. Den will er mit dem Schild verteilen. Zuerst setzt er das Schild auf den Haufen. Er will die Steine abziehen. Kaum fährt er etwas rückwärts, entdeckt er bunte Kleider. Er hält inne und steigt aus. Er traut seinen Augen nicht. Es sind keine Kleider, sondern ein Mädchen. Beim genauen Hinschauen - eine Frau. Er schaut auf die Karte. Das ist Ema. Sie ist etwas schwer zu erkennen. Aber er täuscht sich nicht.

Schorsch muss sich erst mal hinsetzen und Eine rauchen. Was tu ich jetzt? Fragt er sich.

Schorsch ruft die Gemeindepolizei. Die werden den Rest schon machen. Mit Arbeit ist heute nichts mehr. Er wartet.

Die Gemeindepolizei hat sofort die Carabinieri in Rabland informiert. Damit erfährt das natürlich auch Marco in Bozen. Sobald es Marco weiß, weiß es auch Toni. Toni wird gleich mit der Aufklärung beauftragt. Er wohnt im Ort. Obwohl Aschbach eine Fraktion Algunds ist. Toni und Monika haben aber den Zugang zu unseren Gastronomen. Man kennt sich. Sobald dort die Carabinieri aufwarten, herrscht eine Art

Verschlossenheit.
Als Toni ankommt am Fundort, sind schon alle Teams der Carabinieri vor Ort. Die Spurensicherung packt hunderte Proben ein.
"Wie lange liegt die Frau schon hier?"
"Das lässt sich bisher nicht genau feststellen. Wir schätzen, seit einer Woche."
"Gibt es sonst offensichtliche Spuren?"
"Der Kleidung nach, war sie ausgegangen."
"Und sonst?"
"Wir können sogar noch das Parfüm riechen. Es ist kein hiesiges. Sehr auffällig."
Marco kommt. Monika ist bei ihm.
"Toni. Du musste zuerst raus bekommen, wo die Frau gearbeitet hat."
"Habt Ihr die Unterlagen nicht?"
"Nein. Frage mal auf der Gewerkschaft und im Ortsregister. Sie muss sich ja eine Arbeitserlaubnis geholt haben."
"Mich interessiert, wo sie geschlafen hat."
"Genau. Mich auch", antwortet Marco.
"Die haben jetzt genug Zeit, das Zimmer zu räumen."
Die Gefahr besteht. Dann müsste Toni ja den Täter genau dort vermuten. Das glaubt er nicht.
"Die Steine wurden per Hand auf die Frau gelegt", sagt der Spurensicherer.
"Also, ein Grabmal."

"So in etwa."
"Es gibt keine Brüche und Abschürfungen."
"Sonst noch Etwas auf die Schnelle?"
"Es liegt die Vermutung nahe, das sie erwürgt wurde."
"Gibt es Würgemale?"
"Nicht direkt. Ihr wurde der Kehlkopf zerdrückt. Der Täter muss ziemlich kräftig sein."
"Warten wir mal die Laborergebnisse ab."
Toni geht den Fundort noch etwas ab. Monika kommt zu ihm. Sie hat Pandalons an.
"Musst du unbedingt in der Unterhose kommen? Der Schambereich ist deutlich sichtbar."
"Stört es dich?"
"Mich nicht. Aber der Kollege dort scheint schon etwas steif zu sein."
"Sicher vor Kälte."
Die Zwei lachen.
"Und da heißt es immer, die Männer würden die Frauen vergewaltigen."
"Siehst du das anders?"
Marco kommt dazu und hat Alles gehört.
"Wer so draußen herum läuft, will es."
Die Drei lachen. Der Anlass gibt leider keinen Grund zu lachen. Sie werden von ihren Kollegen misstrauisch angeschaut.
"Könnt Ihr auch ein paar Steine mitnehmen für die Suche nach Fingerabdrücken?", fragt Toni seinen

Freund, den Spurensicherer Alois. Die Zwei kennen sich noch aus der aktiven Zeit von Toni.
"Natürlich. Wie das letzte Mal im Suldnertal?"
"Naja. Das hat uns ja die Täter geliefert."
"Du hast Recht."
"Wir brauchen aber auch die Spurenauswertung sämtlicher Reifen- und Fußabdrücke von hier."
"Nichts ist leichter als das. Wir sind immerhin hundert Mann."
"Beklage dich nicht. Wir gehen dann ein Bier trinken bei Doris."
Am Weiher steht noch eine kleine Gerätehütte. Die gehört dem Fischereiverband und den Naturschützern. Toni versucht, ob Jemand da ist und eventuell Zeugenaussagen machen kann. Das Grundstück ist verschlossen. Er muss das ein anderes Mal versuchen. Der Weiher ist immerhin auch ein Rastplatz für Zugvögel. Die werden schön überrascht sein, wenn kein Wasser mehr drinnen ist. Zum Glück müssen sie nicht weit fliegen.
Um den Weiher sind reichlich Rastplätze angelegt, die teilweise auch über Grillgelegenheiten verfügen. Die Plätze sind bei unserer Jugend sehr beliebt. Vor allem, weil in der Nähe auch Konzerte und Discoabende statt finden. Unter den dort verstreuten Müll, sucht Toni Spuren, leere Behälter und weggeworfene Gegenstände. Er findet reichlich Funde zum

einpacken. Die örtlichen Naturschützer und Fischer haben dort alle Hände voll zu tun, den Platz so natürlich wie möglich erscheinen zu lassen. Sie werden zum freiwilligen Müllentsorger. Ich will jetzt nicht sagen, für Dreckschweine. Zumindest aber für Mitmenschen, die wahrscheinlich mit etwas Natur restlos überfordert sind. Sie sind das lebende Beisiel für Rücksichtslosigkeit. Sie geben ihren Abfall, ihren freundlichen Gastgebern, Bauern und Mitmenschen zur Entsorgung. In einem Hotel, wird allein von einem Zwei - Bett - Zimmer mit Kinderzustellung, in einer Woche, locker eine zweihundert Liter große Mülltonne gefüllt. Toni wundert sich, wieso dann gerade auf der Bad - Egart - Runde immer noch so viel Müll liegt. Die Preisschilder auf dem Müll, sind alle nicht aus Südtirol.
"Hast du die Amerikanerin - Elodea nuttalli gefunden?"
"Ja. Bei uns in der Hütte sind drei", antwortet Monika.
"Du meinst die drei Wanderinnen?"
"Das scheint mir etwas übertrieben."
"Warum?"
"Wenn du unten in der Küche bist, klopft es permanent an deren Zimmertür. Dort herrscht viel Bewegung."
"Ach; deswegen nuttalli."
Die Zwei lachen.

"Haben die Drei bis jetzt schon irgendwelche Getränkerechnungen bezahlen müssen?"
"Nein. Die essen auch a la carte kostenlos."
"Also, Sacktouristinnen."
Monika muss fast quieken. Sie hält sich den Mund zu.
"Hast du Etwas gefunden?"
"Ich habe meinen Sack fast voll."
"Du Schlawiner."
Die Zwei schaffen den Sack zu Marco. Er soll das den Schnüfflern mitgeben. Die haben bereits den Stauraum von ihrem Kleinbus voll geladen.
"Auf die Erkenntnisse dürfen wir bestimmt etwas warten."
"Ihr werdet übermorgen schon die ersten haben", antwortet Alois.
"Gehen wir noch zu Doris für eine Besprechung?"
"Wir kommen gleich mit", sagt Marco.
Toni ruft schnell in der Laterne bei Doris an. Er bestellt auch gleich die Pizza.
"Braucht ihr einen Extraraum?", fragt Doris.
"Halte uns den mal bereit. Wir könnten ein paar mehr werden."
Marco ruft seinen Kollegen aus Rabland an.
Maresciallo Donato.
"Der kommt auch noch."
In der Laterne besprechen sie zusammen das weitere Vorgehen. Donato möchte keinen Aufruhr in dem

ruhigen Ort. Er möchte eine leise, sorgfältige Ermittlung. Durch die Blume ist damit gesagt, wer ermitteln soll. Marco verspricht das seinem Kollegen Donato.
Alois präsentiert seine ersten Erkenntnisse.
"Das Mädchen wurde mit KO-Tropfen betäubt. Ihr müsstet eine Flasche oder so Etwas finden."
Das sind aber nur Andeutungen und Vermutungen. Die Kollegen wissen jetzt, in welche Richtung sie ermitteln müssen. Die Zusammenfassung ergibt ein Bild.
Der Vizebürgermeister aus Partschins, Walter ist da.
"Wir haben keine Meldung vom Opfer. Sie hat sich wahrscheinlich in Meran angemeldet."
Das scheint zwar üblich, ist aber der falsche Weg. Viele Gastarbeiter wissen das nicht. Die Meldung von Ema wird aber sicher die folgenden Tage eintreffen. Toni muss also zuerst im Burggrafenamt ansetzen. Das wird sein erster Termin. Monika notiert sich das.
Als Doris das Vereinszimmer betritt, fragt sie Toni, ob denn schon wieder Tanzveranstaltungen stattfinden.
"Ja. Immer am Dienstag."
Monika tritt Toni unterm Tisch.
"Vielleicht war sie hier?"
"Könnte sein. Wir brauchen die Daten von Alois."
Alois hört das. Er sitzt gleich neben Toni.
"Ich weiß Bescheid. Das wird unsere erste

Untersuchung sein. Der Todeszeitpunkt."
"Geht das auf den Tag genau?"
"Aber natürlich."
Toni und Monika haben die letzte Seilbahn verpasst.
"Fahren wir mit dem Auto?"
"Wir müssen Marco fragen."
"Wir fahren euch hoch", sagt Donato und nickt seinen zwei Kollegen zu.
"Ema hatte einen etwas größeren Schnitt am Arm. Der wurde behandelt", sagt Alois.
"Wir müssen die Ärzte befragen", antwortet Toni. Er bedankt sich für den Hinweis. Es ist zwar noch keine Spur aber zumindest ein Anfang.
Donatos Leute fahren die Zwei zu Tonis Hütte auf dem Aschbach.
"Wollt ihr noch Etwas trinken?"
Die Zwei schauen sich untereinander an.
"Nein. Danke. Wir müssen zurück."
"Fahrt vorsichtig."
In der Hütte ist es etwas frisch. Monika kuschelt sich mit Toni unter die Decke. Sie warten, bis das Wasser warm ist.
"Du bist die ideale Heizung", sagt Toni zu Monika.
"Du meinst sicher, ich bin die ideale Sauna. In Kürze wirst du gewaltig schwitzen."
"Oder du!", antwortet Toni.
"Mach dich nicht lächerlich. Du hast doch gar keine

Kraft mehr."
Toni bekommt sofort gezeigt, was Monika meint. Der frühe Reitunterricht auf Papas Hof zeigt Wirkung.
Das Wasser ist inzwischen warm geworden.
Am Morgen hängen die Brötchen an Tonis Tür.
"Meine Nachbarn wissen sofort, wenn ich da bin."
"Die Nachbarinnen auch?"
Beide lachen in den Morgen. Toni überspielt alle seine Fotos auf den Computer und auf seine externe Festplatte.
"Die brauchen wir sicher noch", sagt er zu Moni.
"Ich habe auch genug Fotos geschossen."
"Gib sie mir."
Die überspielen die Zwei gleich mit.
Sie fahren gemeinsam mit der Aschbachbahn nach Unten. Unten wartet schon Marco. Doris hat zwar noch nicht geöffnet, aber für Marco hat sie schon den Kaffee gekocht. Ein paar Touristen sehen das und fragen Doris schon Löcher in den Bauch.
"Dem Herrn haben sie aber schon Kaffee gekocht."
Wahrscheinlich dürfen die Familienmitglieder von Doris nicht mal im Garten einen Kaffee trinken.
"Lesen sie bitte unsere Öffnungszeiten."
Marco schüttelt mit dem Kopf.
"Ich möchte das Gesicht sehen, wenn ich zwei Stunden vor Amtszeit in deren Büro einschreite."
"Dummheit scheint das Nebenprodukt von

Amtsschimmel", antwortet Toni. Man begrüßt sich herzlich.
"Einen Liter Filterkaffee?", fragt Doris - Toni.
"Der braucht jetzt fast zwei Liter", antwortet Monika.
"So lange habt ihr ermittelt?", fragt Doris.
"Jaja. Gemittelt."
"Brauchst du auch ein Rührei?", fragt Doris - Toni.
"Danke, meine liebe Doris. Wir haben schon gegessen."
Marco hat alle Daten mit. Es wird interessant. Ema hat sich zwar in Meran angemeldet. Gearbeitet hat sie aber schon in drei Betrieben im Ort.
"Wir müssen die Gründe für den häufigen Wechsel heraus bekommen. Das scheint eine Spur zu sein."
Monika notiert sich die Betriebe.
"Wir müssen bei Marcos Frau, Veronika nachfragen."
"Ich habe das schon vorbereitet. Vroni wird uns morgen die Daten bringen."
"Können wir nicht bei Veronika vorbei schauen?"
"Wenn ihr einen Tag Zeit habt, schon. Die Gewerkschaft rechnet gerade die Steuererklärungen ihrer Mitglieder ab. Die Schlange steht bis in die Lauben."
"Da steht sicher auch der Sandplatz voll."
"Das sieht dort aus wie eine Demo."
"Haben sich schon deutsche Touristen eingereiht?"
"Wie kommst du darauf, Toni?"

"Wenn es irgendwo Etwas gratis gibt, stehen die doch sicher mit in der Schlange."
Die Drei lachen laut. Doris hat das gehört.
Sie kommt mit dem Telefon in der Hand.
"Veronika ist dran."
Marco nimmt ab.
"Es gab Streit wegen sexueller Belästigung. Ema hat das auf der Gewerkschaft als Notiz hinterlassen", sagt Marco.
"Dann ist das wahrscheinlich auch der Grund für die Wechsel?"
"Ganz sicher."
"Warum hat die Gewerkschaft nichts unternommen?"
"Das lässt sich schlecht beweisen."
"Wir müssen mit dem Arzt sprechen, der Ema behandelt hat."
Veronika sagt Marco den Name des Arztes. Sie rufen gleich an dort.
Beim Arzt angekommen, erfahren die Zwei, weswegen Ema bei ihm war. Sie hat sich selbst in dem Arm geschnitten. Ihre Schwester auch.
"Der Schnitt ist ihr etwas zu tief geraten."
"Hat sie gesagt, warum sie unbedingt wechseln möchte?"
"Viel musste sie mir nicht sagen. Sie hatte sehr viele Schlagspuren und Hämatome."
"Hast du davon Fotos. Sind die den Carabinieri

gemeldet worden?"
"Ich habe Fotos. Den Carabinieri habe ich nichts gemeldet. Ema wollte das nicht."
"Hat sie Aussagen zu den Tätern gemacht?"
"Ich glaube, Andeutungen mit bekommen zu haben. Sie sprach zuerst von der Arbeit, Stößen an Gegenständen und Möbeln, sowie von Stürzen."
"Auch von Gästen?"
"Von Stammgästen."
"Wir kommen sicher noch mehrmals zu dir. Alle Fragen sind uns noch nicht geläufig. Die ergeben sich erst mit dem Stand der Ermittlungen."
"Gerne."
"Wir wüssten gern, wo Ema und ihr Mann wohnen. Ema hat doch eine Bürgerkarte. Nur, die Adresse stimmt nicht."
"Ich würde einfach zu der Wohnanschrift der Karte fahren und dort fragen."
"Wir müssen noch ihrem Mann, Bescheid geben. Der weiß es sicher noch nicht."
Die Zwei fahren zu der Anschrift des Paares. Auf der Klingel steht der Name. Sie läuten. Die Sprechanlage knarrt sie an. Ein Mann ist an der Gegenseite.
Die Zwei stellen sich vor und bitten um Einlass. Schon springt die Tür auf. Sie hören in der zweiten Etage die Wohnungstür. Ein Mann ruft sie zu sich herauf.
"Felix", stellt er sich vor.

"Worum geht es?"
"Wir müssen ihnen etwas Schreckliches mitteilen. Ihre Frau wurde tot aufgefunden."
Felix treten sofort die Tränen in die Augen. Er kann es kaum fassen. Sie gehen zusammen in die Wohnung. Die ist sparsam eingerichtet.
"Wir leben eigentlich nicht mehr zusammen. Ema hat immer in den Hotels übernachtet, in denen sie gearbeitet hat."
"In welchem Hotel hat sie denn übernachtet?"
"Im Hotel Auge in Rabland."
"Danke. Wir melden uns bei dir für weiteren Fragen."
"Klärt das bitte auf. Ema hat das nicht verdient."
"Warum sind sie auseinander gegangen?"
"Das liegt an mir. Ich bin eifersüchtig. Ich wollte, Ema solle den Beruf an den Nagel hängen."
"Warum?"
"Sie hat mir immer von Belästigungen erzählt. Trotzdem hat sie sehr gutes Geld verdient. Das haben wir für unsere Wohnung dringend gebraucht."
"Kam sie immer regelmäßig zur gleichen Zeit nach Hause?"
"Eben nicht. Das war auch der Grund des Zerwürfnisses."
"Warum hast du sie nicht von der Arbeit abgeholt?"
"Das frage ich mich auch jetzt im Nachhinein."
Die Zwei verabschieden sich von Felix. Rabland ruft.

Sie müssen ins Hotel Auge in Rabland. Das ist ein ziemlich großes Hotel. Toni kennt es. Es liegt im Oberdorf. Sie fahren die schmale Ortsstraße hinauf. Rabland hat viele kleine und größere Hotels. Trotzdem gilt der Ort nicht als überlaufen. Man setzt auf eine Art sanften Tourismus. Wohl in dem Wissen, wie große Hotels die Infrastruktur belasten.
Sie kommen an der Rezeption des Hotels Auge an. Begrüßt werden sie in gebrochenem Deutsch.
"Wir suchen den Chef des Hauses."
"Sie meinen die Chefin?"
"Nein. Den Chef."
"Der Chef kocht gerade. Sie treffen ihn in der Küche."
"Können sie uns den Chef rufen. Wir möchten nicht in die Küche gehen."
"Ich versuche es."
Der Chef kommt. Er stellt sich mit Paul vor.
"Wir möchten sie davon in Kenntnis setzen, dass Ema tot aufgefunden wurde."
"Ema? Ich kann es nicht fassen. Sie war so fleißig."
"Hat Ema bei ihnen gewohnt?"
"Nicht dauerhaft. Sie hat bei uns nur drei Mal die Woche gearbeitet. In der Wäscherei."
"Können wir ihr Zimmer sehen?"
"Ja. Gerne. Sie hat mit einer Kollegin zusammen gewohnt."
Paul führt sie zu dem Zimmer und klopft. Die Tür

öffnet sich. Eine recht leicht bekleidete junge Frau steht ihnen gegenüber. Monika rollt mit den Augen bei ihrem Anblick. Toni scheint schon etwas abgebrüht bei den Bekanntschaften der letzten Tage. Beide stellen sich vor und unterrichten die Frau vom Tod ihrer Zimmerkollegin.
Sie stellt sich mit Danka vor. Sie ist auch aus der Slowakei. Der Tod berührt sie. Sie bekommt feuchte Augen.
Paul bietet sich an, einen Kaffee zu holen. Er möchte die Drei allein lassen.
"Wir möchten gern die Habseligkeiten von Ema mitnehmen. Sie sind unsere Beweisstücke."
Danka öffnet den Schrank von Ema. Neben diversen Kleidungsstücken, finden sie ein paar persönliche Dinge. Ausweise, Führerschein und die Adressen von zu Hause. In einem Briefcouvert finden sie Fotos von Ema. Leicht bekleidet und ohne Kleidung.
"Wollte Ema ein Modell werden?"
"Das wollen wir alle", antwortet Danka.
"Sie haben sich wohl auch so ablichten lassen?"
"Eine Agentur hat das für uns getan."
"Doch nicht etwa ihr Arbeitsvermittler?"
"Genau der."
"Sie haben sich demnach nicht nur als Zimmermädchen beworben?"
"Wir haben eine Familie zu ernähren."

"Können sie uns die Agentur sagen?"
"Hier ist deren Karte."
Toni fotografiert die Karte.
"Die können sie behalten. Ich habe genug davon."
"Arbeiten sie für die Agentur?"
Danka beantwortet das nicht. Monika fällt auf, einige Fotos sind in diesem Zimmer aufgenommen worden.
"Haben sie die Fotos gemacht?"
"Teilweise ja."
"Mit dem Handy?"
"Ja."
"Kann ich ihr Handy mal sehen?"
Danka holt das Handy. Monika spielt die gesamten Galerien auf ihr Handy. Sie notiert sich alle Kontakte und Nummern.
"Wir werten das zu Hause aus. Danke, Danka."
"Sind sie oft zusammen ausgegangen?"
"Gelegentlich. Wir sind auch zu unseren Hauspartys zusammen gegangen."
"Haben sie viele Bekanntschaften unter den Hausgästen?"
"Ja schon."
"Wir melden uns wieder, wenn noch Fragen anliegen."
"Bitte. Gerne."
"Ach so, ich habe vergessen zu fragen, ob sie wissen, in welchen Hotels Ema noch gearbeitet hat."
"Ja. Hier in Rabland. Im Hotel Gutmut, im Wanderhut

und im Gasthof Schleuse."
"Hat sie in allen Hotels ein Zimmer?"
"Im Gasthof nicht. Aber in den anderen Hotels."
"Waren sie oft mit dort?"
"Eher selten."
Die Zwei verabschieden sich von Danka. Paul lädt die Zwei zu einem Stück Kuchen mit Kaffee ein. Toni lehnt nicht ab. Ihm tropft der Zahn. Der Chef bäckt selbst. Er scheint ein glückliches Händchen zu haben. Der Kuchen duftet und sieht gut aus.
"Hat Ema auch im Nachbarhotel mit gearbeitet?"
"Nein. Das ist ein komischer Typ. Wir hatten früher reichlich Streit."
"Wie Streit?"
"Unser Hotel war mal seines und er hat es uns verkauft."
"Ja und?"
"Es gab immer Streit um Müll. Wir haben uns den gegenseitig über den Zaun geworfen. Auch die Rasen- und Heckenschnitte."
"Typisch Südtirol", lacht Monika.
Die Zwei verabschieden sich.
"Wenn noch Fragen sind, kommen wir gern wieder vorbei."
Monika spürt Etwas. Offensichtlich haben die Frauen sich selbst auch noch angeboten. Der Eindruck verschärft sich, nachdem sie die Fotos gesehen hat.

"Ich gehe davon aus, die Frauen haben hier einen Mann fürs Leben gesucht."
"Mir scheint, das ist der falsche Ort für eine solche Suche", antwortet Toni.
"So falsch kann der Ort nicht sein."
"In den Hotels schlafen doch aber selten Männer allein. Die meisten haben doch ihre Frau oder Familie mit."
"Kommt drauf an. Wenn ein Weinfestival stattfindet, kommen die Vertreter auch allein."
"Die sind doch zu Hause auch verheiratet."
"Das wage ich zu bezweifeln."
"In eurer Hütte sind doch die Wenigsten - Solisten."
"Da hast du auch wieder Recht."
"Also gehen wir davon aus, die Frauen auf Suche, stehen in direkter Konkurrenz zu den bereits verheirateten."
"Du bist mein bestes Stück bisher."
"Danke. Ich gehe aber trotzdem davon aus, du bist, trotzdem du mich liebst, immer auf der Suche nach einer Verbesserung."
"Auf der Suche nicht direkt. Die Verbesserung, wie du es sagst, müsste sich mir förmlich aufdrängen."
"Nach der Aussage, würde dir das Bessere bei Gelegenheit auffallen."
"So in etwa."
"Das würde aber bedeuten, du suchst unbewusst."

"Seit ich mit dir zusammen bin, suche ich nicht mehr." Monika scheint die kleine Diskussion etwas lästig zu sein. Toni möchte aber erfahren, was die jungen Frauen dazu bringt, sich ausgerechnet dort nach einem Lebenspartner um zuschauen, wo sich generell nur Gebundene bewegen. Das wäre ja Ziggenkrieg. Eine Frau versucht, der Anderen den Mann weg zu nehmen. Es gibt doch genug ledige Männer.
"Wie erklären wir uns nun die Suche der jungen Frauen?"
"Es könnte vielleicht Not sein. Die Not zwingt die Frauen, sich mit den anderen anzulegen."
"Der Gedanke scheint nicht all zu abwegig, meine Liebe."
"Wieso konzentrieren wir uns hier nur auf Frauen? Bei Arbeitern wird allgemein auf die Konkurrenz untereinander gesetzt."
"Da hast du sicher Recht. Die Arbeiter werden untereinander ausgespielt. Die Wirte bilden da keine Ausnahme. Sie selbst stehen auch in Konkurrenz zu einander."
"Wir müssen uns mit den wichtigen Dingen befassen. Wo war Ema an ihrem letzten Abend?"
"Ich schätze, es muss irgendeine Tanz- oder Musikveranstaltung gewesen sein."
"Der Gedanke kam mir auch schon bei Doris in der Laterne."

"Wieso? Weil bei Doris einmal die Woche Tanzabend ist?"
"Ich glaube, Ema und ihre Freundin Danka waren dort. Danka weiß mehr als sie uns sagt."
"Wir müssen den Vermittler ausfindig machen."

## Die erste Spur

Monika nimmt sich das zu Herzen. Sie recherchiert im Netz nach dem Vermittler. Am besten, sie rufen bei Danka an, wie der heißt. Danka wird sicher helfen. Sie hat Monika ihre Telefonnummer gegeben.
Danka sagt ihr den Name am Telefon. Auf der Karte ist er auch. Monika wollte feststellen, ob der übersetzt werden muss. Sibyla.
Sie recherchiert nach Sibyla. Und wird fündig. Sibyla ist ein ehemaliges Zimmermädchen. Jetzt vermittelt sie die Kräfte. Das ist sicherlich ein Schritt nach Vorn. Für sie. Jetzt sucht sie, wo sie Sibyla findet. Die muss doch im Land sein. Oder doch nicht?
Monika ruft Danka noch einmal an.
"Wo hält sich Sibyla auf?"
"Sibyla wohnt in Lana."
"Ist sie verheiratet?"
"Nein. Sie lebt mit einem Südtiroler zusammen. Der ist Krankenwagenfahrer."
"Beim Weißen Kreuz?"
"Ja."
"Du musst beim Weißen Kreuz nachschauen, ob du den Freund von Sibyla findest", sagt Monika zu Toni.
"Das kann ich telefonisch. Wo?"

"In Lana."
"Fahren wir zusammen hin?"
"Ich suche noch etwas im Netz."
Toni ruft das Weiße Kreuz in Lana an. Der Kollege ist nicht leicht zu finden. Keiner weiß Bescheid.
"Ich suche einen Kollegen, der in Lana wohnt."
Schon wird es einfacher. Die meisten Kollegen kommen von außerhalb.
"Wir haben vier Kollegen aus Lana."
"Welche Kollegen sind verheiratet?"
"Zwei."
"Die anderen Kollegen haben eine Freundin?"
"Das schätze ich mal. Obwohl. Bei Andreas bin ich mir nicht sicher."
"Wieso?"
"Andreas ist von der anderen Straßenseite."
"Ach so."
"Also bleibt ein Kollege. Wo finde ich den?"
"Bei uns in der Garage."
"Wie heißt er? Sag ihm bitte Bescheid. Ich komme sofort vorbei."
"Er heißt Jonas. Ich gebe ihm Bescheid."
Toni fährt sofort los. In ein paar Minuten ist er beim Weißen Kreuz auf der Meraner Straße in der Garage. Die Jungs wirken etwas hektisch. Ein Notruf ist eingegangen.
"Jonas?", ruft Toni.

Ein recht junger Mann kommt gelaufen.
"Jonas. Ich muss gleich los. Was gibt es?"
"Hast du eine Freundin namens Sibyla?"
"Nein. Die wohnt bei Andreas. Sibyla ist seine Braut."
"Dann entschuldige meine Nachfrage. Schönen Tag noch. Ah, wo wohnt Andreas? Ist der hier?"
"Andreas ist im Büro. Er rechnet gerade seine Kilometer ab."
"Danke."
Im Büro ist es relativ ruhig. Es riecht nach Kaffee. Hinter der zweiten Tür findet Toni, Andreas. Der ist etwas überrascht. Seine Kollegen haben ihm schon gesagt, wer ihn sucht.
"Was gibt es so Wichtiges?"
"Ich heiße Toni. Ich ermittle in einem Todesfall. Dafür muss ich mit Sibyla sprechen."
"Sibyla ist zu Hause."
"Wo wohnst du? Kannst du mitkommen?"
"Mitkommen kann ich nicht. Ich bin in Bereitschaft. Du musst zum Greitenweg. Ich rufe Sibyla an. Sie steht vor dem Haus und wartet auf dich."
Vom Weißen Kreuz am Busbahnhof in Lana ist es nicht weit zum Greitenweg. Andreas hat wirklich einen kurzen Arbeitsweg. Beneidenswert, findet Toni. Toni nimmt die Abkürzung. Er muss ein paar Meter über den Bürgersteig fahren. Zwei Touristen protestieren lautstark.

"Was fällt ihnen ein?!"
"Das ist ein Notfall."
Toni will sich nicht in ein Wortgefecht mit den Touristen einlassen. Die glauben wahrscheinlich, sie hätten Lana gekauft.
Kurz darauf trifft Toni auf Sibyla. Die winkt ziemlich auffällig. Eigentlich muss sie nicht unbedingt winken. Toni erkennt sie auch so. Sie ist ziemlich knapp bekleidet. Bei der Figur, findet Toni das sogar schön.
"Ich bin Toni und ermittle im Todesfall von Ema."
"Ema ist tot?"
Sibyla bricht in Tränen aus.
"Folgen sie mir bitte."
Die Zwei gehen ins Haus. Sibyla wäscht sich schnell das Gesicht.
Die Wohnung sieht recht gemütlich aus. Vielleicht etwas verspielt.
"Mir wurde gesagt, sie betreiben eine Stellenvermittlung für Zimmermädchen."
"Ja."
"Sie sind selbst auch Zimmermädchen?"
"Das macht mir die Vermittlung einfacher. Ich kenne viele Betriebe persönlich."
"Seit wann kennen sie Ema?"
"Wir sind zusammen mit Danka aus Hronec gekommen."
"Können sie mir etwas über Ema und Danka

erzählen?"
"Unser Heimatort ist auch ein Tourismusgebiet. Wir haben Winter- und Sommersaison. Trotzdem verdienten wir zu wenig. Deswegen sind wir von dort gegangen."
"Gleich nach Südtirol?"
"Nein. Wir arbeiten auch in Österreich."
"Wo gefällt es Ihnen mehr?"
"In Österreich."
"Warum sind sie dann hier?"
"Hier ist die Sommersaison etwas länger."
"Also pendeln sie zwischen Österreich im Winter und Südtirol im Sommer."
"Genau."
"Sind sie hier auch zusammen ausgegangen?"
"Schon auch. Nicht zu oft."
"Wo?"
"Hier in Lana, in Marling und auch in Rabland."
"Haben sie hier Anschluss gefunden?"
"Ja. Andreas ist mein Anschluss."
"Und ihre Freundinnen?"
"Bis jetzt hatten sie weniger Glück."
"Aber, sie sind doch wirklich schöne Menschen."
"Das Aussehen allein, scheint nicht so wichtig."
"Verstehe. Ihnen wird wahrscheinlich eine gewisse Leichtigkeit unterstellt."
"Dessen dürfen sie sich sicher sein. Es wird extrem

viel gelogen."
"Was haben sie gelernt?"
"Technische Zeichnerin."
"Und da bekommen Sie bei uns keine Arbeit?"
"Ich bin Ausländerin und dumm. Meine Ausbildung zählt hier nicht."
"Alles klar."
"Die Arbeitsvermittlung betreiben sie nebenbei?"
"Ja. Ich arbeite auch noch als Zimmermädchen. Das Trinkgeld ist mir wichtig."
"Werden ihnen außer der Reinigung noch andere Verdienstmöglichkeiten angeboten?"
"Man legt uns manchmal etwas mehr Geld aufs Bett."
"Sozusagen, als Anspielung?"
"Ja. Das funktioniert so."
"Ist das oft?"
"Ziemlich oft. Es sind immer die Gleichen."
"Möchten sie alle hier bleiben?"
"Wir suchen hier oder in Österreich einen Mann. Dann können wir hier bleiben."
"Gut. Ich melde mich wieder wenn die ersten Ergebnisse aus dem Labor eintreffen. Wir haben dann öfter zusammen zu tun."
"Gerne. Das muss unbedingt aufgeklärt werden. Ich setze mich mit der Familie von Ema in Verbindung. Es sind unsere Nachbarn."
"Vielleicht kann die Familie zu uns kommen."

"Ich denke schon, sie kommen."
"Wir müssen sie noch fragen, ob sie Ema identifizieren können. Das hat zwar Danka schon getan, aber uns ist ihre Meinung wichtig."
"Ich komme morgen vorbei."
Toni nimmt die Befragungen alle mit dem Handy auf. Die Aufnahmen gibt er Monika. Monika sammelt sie alle und wertet sie aus. Manche Aufnahmen hört sich Monika zwanzig Mal und öfter an. Sie findet auf diese Art versteckte Hinweise.
Toni meldet seine Erkenntnisse Marco. Marco gibt sie gleich an Donato in Rabland weiter. Donato fallen ein paar Widersprüche auf. Die teilt er sofort Toni mit. Die Frauen haben nicht Alles erzählt. Es gibt Geheimnisse. Donato erwartet morgen die Identifizierung durch Sibyla. Er möchte Sibyla allein dabei haben. Ohne Danka und Andreas.
Danach soll Andreas, Ema identifizieren. Andreas kennt Ema auch. Donato hat die Familie Emas bestellt. Sie werden von den Carabinieri bei sich zu Hause abgeholt. Die slowakischen Kollegen haben das genehmigt.
Der Abend bringt Toni und Monika zu Doris. Man geht heute Abend Pizza essen. Toni möchte Doris noch ein paar Fragen stellen. Es geht um Tanzabende. Toni vermutet, Ema war bei Doris zum Tanzabend. Der Beweis dafür kommt sicher noch aus dem Labor.

Bei Doris angekommen, zeigt Toni das Foto von Ema.
"Die jungen Frauen kommen immer zu Dritt oder zu Viert zu uns."
"Haben sie immer Partner, wenn sie gehen?"
"Ein paar junge Männer sind oft dabei. Es scheinen Landsleute zu sein."
"Gehen sie zusammen nach Hause?"
"Das weiß ich nicht genau. Die Frauen sind oft bis zum Schluss da. Die jungen Männer scheinen eher zu gehen."
Monika macht sich ihre Gedanken.
"Sitzen auch Einheimische bei den Frauen? Oder tanzt ein Einheimischer mit ihnen?"
"Die Frauen sind beliebt. Ein paar junge Männer von uns tanzen gern mit ihnen."
"Was ist mit Herbert?"
"Du meinst unseren Eintänzer?"
"Ja."
"Naja. Du weißt schon. Herbert lässt keine Dame aus."
"Haben die Frauen gern mit ihm getanzt?"
"Zu gern. Herbert tanzt eben zu gut. Und das gefällt den Frauen."
"Und was ist mit Luis?"
"Du meinst den Fischzüchter? Luis ist immer eifersüchtig auf Herbert."
"Ich dachte eher, die machen immer gemeinsame Sache."

"Den Eindruck könnte man bekommen." Doris lacht. Luis hat ihr schon auch oft genug den Hintern begrapscht."
Nach den Äußerungen von Doris, geht Toni nicht davon aus, die angesprochenen Männer würden Frauen mit Gewalt zu Etwas zwingen. Sie sind sozusagen, Hunde - die laut bellen. Deren Auftreten ist eher ein Zeichen von Unbekümmertheit. Monika sagt, unsere Frauen könnten damit leben. Sie würden das eher als Kompliment auffassen. Oder als Bestätigung ihrer Schönheit. Der Täter muss ein anderer sein. Einer mit Ängsten. Die einfache Lebenslust ist ganz sicher nicht die Ursache für diesen Mord.
Toni muss die Erkenntnisse eine Nacht überschlafen. Er glaubt, die Laborergebnisse bringen mehr ans Tageslicht. Monika muss lachen über die Bemerkungen von Doris. Sie findet es schön, wenn eine Frau durch das gezeigte Interesse des Mannes eine Bestätigung erfährt. Unter dem Einfluss von Alkohol, kann es dann schon auch mal zu Berührungen kommen, die im normalen Leben eher nicht Gang und Gäbe sind. Deswegen wird niemand ein Fass aufmachen. Je einfacher das Leben, desto einfacher die Lebensart.
Die Zwei wollen die letzte Bahn erreichen. Die geht neunzehn Uhr. Danach ist nur noch die recht

mühsame Fahrt mit dem Auto oder dem Motorrad möglich. Ein Fahrrad lehnt Toni ab. Monika auch. Das ist ihnen zu gefährlich. Ein Quad könnten sich die beiden in ihrer Garage einstellen. Ein Elektroquad. Das haben sie oben bei Toni zu stehen. Die Batteriefüllung reicht gerade bis zu Monikas Hütte. Der Weg täuscht etwas. In der Luftlinie sind das gerade mal zwei Kilometer. Aber, den Weg entlang, kommen leicht zwanzig Kilometer heraus. Und die sind sicher nicht flach. Toni überlegt, ob er das Fahrzeug nicht mal in Richtung Rabland testet. Bei schlechterem Wetter wäre das eine Alternative.
Toni fragt trotzdem, ob denn die Zwei gelegentlich vorbei kommen.
"Aber natürlich. Zum Feierabend sind sie bei mir. Meist gegen sechs Uhr."
"Also, sind sie heute da?"
"Aber sicher."
Warum nicht gleich so? fragt sich Toni.
Doris schickt sie zu Toni ins Vereinszimmer.
Beide stellen sich mit ihrem Namen vor. Sie wissen, worum es geht. Luis ist besonders traurig.
"Ein liebes schönes Mädchen. Sie hatte so weiche Haut. Babyhaut."
Herbert ist das auch aufgefallen. Er bestätigt das. Beide weinen fast.
"Die Vorstellung, ihr sei etwas passiert, macht mich

sehr traurig."
Monika bestellt bei Doris zwei Obstler.
Die Bahn ist jetzt gefahren. Verpasst. Die zwei Bauern erzählen sehr Viel über Ema und ihre Freundinnen. Das macht Toni sehr neugierig. Sie erzählen von vier Frauen, die fast immer zusammen kamen. Toni fällt die Aussage von Sibyla und Danka ein.
Toni zeigt den Zweien das Foto von Ema.
"Das ist nicht Ema", sagt Luis fast erfreut.
Herbert erschreckt fast. Er zieht Toni das Foto aus der Hand, schaut es genau an und sagt das Gleiche.
"Dann müsst ihr mich morgen mal zur Schau begleiten."
"Aber gerne."
Wieso reden die Männer und Doris immer von drei oder vier Frauen? Toni vermutet bereits Etwas.
Monika hält sich nicht zurück. Monika ruft Donato an. Donato lässt die Zwei hinauf fahren. Auf der Fahrt verspricht ihnen der Kollege Donatos, Felix, Sibyla und Danka mit zu bringen. Die Schau kann beginnen.
Oben angekommen, bringt die Freude, Monika natürlich etwas Lust. Sie entblättert sich, legt sich ins Bett und fordert Toni auf, das Wasser zu heizen. Toni schaut ihr zu und stolpert beinahe über die eigenen Stelzen.
"Ein Bein zu lang?", fragt Monika.
"Ich hatte immer Probleme beim Laufen auf drei

Beinen."
"Morgen hast du sicher keine mehr."
"Ich nehme dich beim Wort."
Monika schaut am Morgen an die Tür ob die Brötchen schon da sind. Sie sind da. Sogar ein Stück frische Butter. Ein Zettel liegt im Beutel. Die Bauern wünschen sich die Aufklärung. Alle lieben Ema. Ema ist als sehr hilfsbereit bekannt. Sie hilft selbst beim Heu wenden auf der Alm. Toni ist das nie aufgefallen. Monika auch nicht. Sie dachten immer, die jeweiligen Familien würden die Arbeit machen.
Sie fahren mit der Bahn nach Unten. Bei Doris sitzt Donato und wartet.
"Wir fahren nach Bozen zu Alois."
Zwei Autos werden gebraucht. Die zwei Bauern fahren mit Toni und Monika. Felix, Sibyla und Danka fahren in einem zweiten Auto. Ohne Signal.
Kaum sind sie in Bozen zur Leichenschau angekommen, sagt schon Sibyla vorm Betreten das Gebäudes, sie glaubt nicht, es wäre Ema. Sie hätte sich geirrt.
Drinnen hat Alois alles vorbereitet. Die Identifikation kann beginnen.
Felix schüttelt den Kopf. Das ist nicht meine Frau.
"Wer ist es dann?"
Felix weiß es. Danka und Sibyla auch. Die sagen es nicht. Felix sagt es.

"Das ist Iva, die Schwester von Ema."
Danach führt Toni die zwei Bauern zu der Schau.
Beide sind der Meinung, das ist nicht Ema.
Toni schlussfolgert daraus, die Bauern hätten Ema nie wirklich kennen gelernt.
"Ihr habt immer mit Iva getanzt", sagt Toni.
Die Zeugen werden wieder nach Hause gebracht. Toni ist mit Monika bei Marco geblieben. Sie schmieden einen neuen Schlachtplan. Marco soll die Unterlagen zu Iva anfordern.
Es dauert nicht lange und die hübsche Sekretärin von Marco, Sara, betritt mit den Unterlagen den Raum.
"Du wirst immer schöner, Sara. Hast du schon einen Freund?"
Monika tritt Toni unter dem Tisch mit dem Absatz auf den Zeh. Sara hat das gesehen.
"Tritt ihn noch einmal. Etwas höher."
"Der Schaden wäre mir zu groß."
Die zwei Frauen lachen.
Iva ist die Schwester von Ema. Die Frage ist jetzt, wo Ema sich aufhält. Marco nimmt die Unterlagen und fragt telefonisch in der Gemeinde Hronec nach. Man vereinbart einen Chat. Das geht zügig genug. Sie sind bereits unterwegs und werden bald eintreffen.
Iva ist die Zwillingsschwester von Ema. Sie hat Ema vertreten, wenn sie etwas vor hatte.
"Die Zwei haben sich gut in die Arbeit geteilt. Keiner

hat das bemerkt."
"Ich schätze, sie haben einen Lohn steuerfrei gearbeitet."
"Dann ist ja soweit Alles klar."
"Alois. Hast du schon die Ergebnisse?"
"Aber sicher."
"Na. Dann bringe sie endlich mal."
Alois lacht.
"Die hatte mehr Sex als ihr Frauen zusammen."
"Beneidenswert", sagt Sara.
"Ich kann da gerne abhelfen", sagt Toni.
"Tritt ihn", ruft Sara zu Monika.
"Du meinst: hilf ihm", antwortet Toni.
Alle lachen.
"Ich habe Proben von sechs verschiedenen Männern. Die KO-Tropfen habe ich auch gefunden. Die sind kein hiesiges Produkt."
"Nur Männerproben?"
"Frauen wären zwar auch nachweisbar. Aber die kann ich so nicht bestimmen."
"Du bräuchtest also Gentests?"
"Nicht unbedingt. Wir haben doch vor einem Jahr, Proben von unserer ganzen Bevölkerung bekommen. Die haben sie uns doch freiwillig und lächelnd gegeben."
"Ah. Jetzt brauchst du also nur vergleichen?"
"Das dauert jetzt keine zwei Tage, dann kann ich dir

alle Namen mit Adresse sagen."
"So schnell habe ich noch keinen Fall gelöst."
"Bedanke dich bei deinen Mitbürgern."
"Das wird schönen Ärger in den Familien geben."
"Ich denke, Bratpfannen werden jetzt sehr gut verkauft."
"Und Viehtreiber."
Sie lachen.
"Das werden aber nicht unbedingt die Täter sein", setzt Alois nach.
"Würdest du als Täter solche Spuren hinterlassen?"
"Naja. Vielleicht war es ein Streit?"
"Gut. Das kann schon sein. Dann hätten wir aber noch ein paar andere Spuren gefunden."
"Ach so. Du gehst von einer Überraschung aus?"
"Zu neunzig Prozent. Wegen den KO-Tropfen, sieht mir das aber eher nach Planung aus."
"Dann wird es eine heitere Suche."
"Du musst dir dein Geld schon verdienen."
"Nach Mitleid klingt das nicht gerade."
"Wo gehen wir Frühstücken?"
"Du bekommst nach diesem Anblick ein Frühstück runter?"
"Naja. Alois hat das Mädchen gut raus geputzt. Sie ist appetitlich parfümiert... . Alois, du hast doch nicht etwa....?"
"Du meinst Fotos geschossen?"

"Das auch."
"Ja sicher. Ich mache das bei allen meinen Kundinnen unter Vierzig."
Alle lachen.
"Dann hast du ja eine schöne Sammlung."
"Die kannst du dir vorne im Büro anschauen. Du wirst überrascht sein, wie schön Frauen über Vierzig aussehen."
"Du kleiner Lüstling. Was sagt denn Erika dazu?"
"Naja. Sie ist recht zufrieden mit mir und meinen anatomischen Kenntnissen."
Monika muss lachen.
"Die fehlen Toni bisweilen."
"Er lernt noch", antwortet Alois.
"Wir gehen in die Tankstelle."
"Zu Cesare?"
"Aber sicher."
"Dann kannst du ja auch gleich mein Auto mit waschen."
"Sonst noch Etwas?"
Sara möchte mit gehen. Monika nimmt sie an die Hand. Wie zwei Kindergartenkinder. Marco fährt in seinem Auto allein. Er kommt nach, sagt er. Er wartet auf die Familie von Ema. Die muss jeden Moment anreisen.
Marco muss nicht lange warten. Die Familie reist an. Die Mutter hat schon entzündete Augen.

"Sie weint schon auf dem gesamten Weg", sagt der Kollege von Marco.
Die Familie stellt sich vor. Mutter Jozefa macht das. Sie zeigt auf den Papa und sagt Ludvik. Beim dem jungen Mann gibt sie zum Besten, Radim stammt aus ihrer ersten Ehe. Radims Vater ist bei einem Forstunfall ums Leben gekommen.
"Dann haben sie schon Einiges an Trauer erlebt", sagt Marco zu Jozefa.
Die Mutter antwortet nicht. Die Familie wirkt etwas verschlossen. Typisch für Bergvölker, denkt sich Marco.
Marco fährt die Familie zu Alois.
"Sie müssen uns die Frau identifizieren."
Jozefa sieht das ein. Die Augen werden etwas trockener.
"Das ist Iva. Wo ist Ema?"
"Wir wissen es noch nicht. Wir haben eine landesweite Suche veranlasst. Auch in Österreich und der Schweiz."
"Ema wollte immer gern nach Deutschland."
"Von Deutschland war sie enttäuscht. Das wissen wir jetzt."
"Das hat sie mir am Telefon aber nie gesagt."
"Sie wird ihre Gründe gehabt haben."
Radim mischt sich ein.
"Mir hat sie es gesagt mit dem Hinweis, ich soll Mutter

Nichts sagen."
"Alles klar. Danke. Machen sie das bitte unter sich aus."
"So einfach ist das aber nicht. Der Deutsche, der sie in Deutschland beschäftigt hat, kam auch nach Südtirol als Tourist."
"Doch nicht etwa in das Hotel, in dem Ema gearbeitet hat?"
"Doch. Ema sagte mir, er möchte sie wieder haben in Deutschland."
Marco hält sich jetzt an Radim.
"Radim. Hat Ema sie zufälliger Weise angerufen, wo sie ist?"
"Soviel ich weiß, schläft sie gerade in einem Hotel, in dem sie putzt."
"Sie hat dort ein Personalzimmer?"
"Ja."
"Wissen sie den Name des Hotels?"
"Gutmut. Sie müsste dort sein."
Marco ruft gleich Donato an. Er soll mal ins Hotel Gutmut fahren und nach Ema fragen. Donato bricht sofort auf. Das lässt er sich nicht zwei Mal sagen.
Toni kommt mit seinen Frauen vom Frühstück zurück. Die Autos haben sie mit poliert.
"Das macht drei Euro", sagt er zu Marco.
"Naja. Das könntest du dann immer für mich machen. Du bist preiswerter als meine Frau."

"Ach nein. Veronika trinkt wohl immer zwei Gespritzte dazu?"
"Vergeß Matteo nicht. Der bekommt immer einen Eisbecher bei Cesare."
"Gut, das ich das erfahre. Macht sechs Euro."
"Hier sind zehn. Der Rest ist für Monika, die sicher die Autos geputzt hat."
"Woher weißt du das?"
"Ich habe die Fingerabdrücke genommen."
"Du Schnüffler."
Eigentlich gibt es nichts zu lachen. Radim hält seine Mama in den Armen. Der Papa sitzt ganz ruhig auf dem Gästesofa. Er macht den Eindruck eines abgeklärten Mannes, der schon sehr viel erlebt hat. Toni geht zu ihm.
"Ich habe den Mädchen immer gesagt, sie sollen nicht in den Westen auf den Strich gehen."
"Wieso Strich? Die haben doch hier gearbeitet."
"Ist das etwa kein Strich?"
Toni spürt sofort, hier ist wenig zu machen.
"Sie hätten bei uns auf dem Bauernhof ein besseres Leben als hier."
"Das glaube ich gern", antwortet Toni. Ihm gefällt das ländliche Leben auch bedeutend mehr als die Hektik in den Städten.
"Wir haben heute Internet und viele Möglichkeiten, unsere ländlichen Produkte direkt zu verkaufen. Wie

früher in der CSSR. Da gab es keine Not."
"Warum sind die Mädchen weg gegangen?"
"Die haben sich von ihren Freunden breit schlagen lassen. Die kamen mit neuen Autos, schicken Klamotten und vielen Geschichten."
"Aber das hat auch ein paar Vorteile. In den anderen Gebieten können sie Ideen für zu Hause sammeln."
"Sicher. Wenn es die richtigen Ideen sind."
"Wie viel Geld hat Ema nach Hause geschickt?"
"So um die tausend Euro jeden Monat."
"Schickt sie immer noch Geld?"
"Ja. Regelmäßig. Mitte des Monats."
"Es fehlen keine Überweisungen?"
"Nur, wenn sie nach Hause kommt. Das ist sehr teuer. Überall wird kassiert."
"Es gibt ja Pendler, die das als Linienverkehr fahren."
"Ja sicher. Die fahren nicht bis zu uns. Die Straßen sind auch unsicher geworden. Kein Vergleich zu früher."
"Fährt sie immer allein nach Hause?"
"Oft mit ihrer Schwester. Die Zwei haben sich gut verstanden."
"Wie viel Geld hat Iva geschickt?"
"Ähnlich viel wie Ema."
"Also, auch tausend Euro?"
"Ja."
"Die Frauen haben zusammen, jeden Monat, zwei

Tausend Euro geschickt?"
"Ja. Auch mehr."
"Sie haben sich nicht gefragt, wie sie das Geld verdient haben?"
"Schon. Es gibt bei uns bestimmte Zweifel."
"Das haben sie aber niemals angesprochen?"
"Nicht direkt."
"Wir gehen davon aus, die Frauen haben sich Etwas dazu verdient."
"Wir auch."
"Wir gehen davon aus, sie haben sich das nicht mit Arbeit dazu verdient."
"Das sehe ich zwar etwas anders. Sex ist auch Arbeit. Vor allem, Sex ohne Liebe."
"Haben sie die Vermutung, die Frauen sind dieser Tätigkeit nachgegangen?"
"Es könnte sein. Es kann aber auch ganz gewöhnliches Trinkgeld sein. Wir wissen es nicht. Ema hat immer gesagt, sie bekommt ein gutes Trinkgeld."
Toni muss sich da mal bei Monika etwas schlau machen. Er kennt sich nicht aus auf dem Gebiet. Monika schon. Als Trinkgeld kann man Vieles bezeichnen. Toni sieht dort keinen Grund, zu ermitteln. Er möchte lediglich wissen, in welchem Umfeld sich die zwei Frauen bewegt haben.
Monika und Toni verabschieden sich von der Familie und von Marco. Sie möchten sofort ins Hotel Gutmut

fahren. Ein paar Fragen wollen sie direkt den Hoteliers stellen. Vielleicht treffen sie auch gleich Ema.

Auf der Vinschger Straße in Rabland treffen sie zwei Autos der örtlichen Carabinieri. Die stehen gerade vor dem Gutmut Hotel. Ein paar schaulustige Touristen stehen mit offenem Mund am Hoteleingang und im Foyer. Fehlt eigentlich nur noch deren Finger im Nasenloch und eine heraushängende Zunge. Die Touristen stehen wie angewurzelt. Es stinkt fürchterlich nach billigem Parfüm und Schweiß im Foyer.

"Slalom ist angesagt. Halt dir die Nase zu", sagt Toni zu Monika.

Die Touristen reagieren gar nicht, obwohl Toni das in normaler Lautstärke gesagt hat. Sie wirken wie gelähmt.

Donato steht mit seinen Kollegen vor der Rezeption. Die junge Rezeptionistin spricht Italienisch mit Donato. Ihm scheint das zu gefallen. Sein Kollege sieht Toni kommen und sagt:

"Sie gehen gerade zu Ema in ihr Zimmer. Die Rezeptionistin hat bei ihr angerufen."

"Dann warten wir hier gleich mit. Im Foyer wird Monika freundlich begrüßt von einer Freundin. Die Zwei werden von ihr zum Kaffee eingeladen. Monika sagt nicht nein.

Kurze Zeit später kommen die Kollegen von Donato. Mit Ema.
"Wir sollen Sie diesem Mann übergeben", sagt Donato zu Ema. Ema sieht nicht besonders traurig aus. Wahrscheinlich weiß sie noch gar Nichts vom Tod ihrer Schwester.
"Monika, mach du das bitte."
"Ema?"
"Ja."
"Ihre Familie ist bei den Carabinieri in Bozen. Ihre Schwester wurde tot aufgefunden."
Ema scheint das relativ gefasst zu nehmen.
"Fahren wir gleich?"
"Wenn sie können, ja."
"Ich muss mich nur umziehen. Kommen sie mit?"
Monika geht zusammen mit Ema in ihr Zimmer. Das Personalzimmer wirkt etwas abgelebt. Ema hat es sich mit ein paar Blumentöpfen verschönert. Das spärliche Licht in ihrem Zimmer wird die Blumen schnell eingehen lassen.
"Das ist ein schönes Zimmer. Es könnte nur etwas heller sein", sagt Monika.
"Ich bin hier nur zum Schlafen."
Monika fällt das Doppelbett auf.
"Schläft bei ihnen noch eine Kollegin mit im Zimmer?"
"Manchmal. Im Frühjahr und im Herbst. Zur Zeit ist wenig Betrieb."

"Typisch Juni."
"Es ist trotzdem viel Arbeit. Die Einheimischen sind im Urlaub."
"Haben sie keinen Urlaub?"
"Zum Saisonende."
Ema zieht sich ohne Scheu vor Monika um. Sie zieht sich Jeans mit einer recht luftigen Bluse an.
"Gefällt ihnen das?"
"Für die Polizei scheint mir das etwas zu offenherzig."
Ema zieht ein Jäckchen darüber.
"Gut so?"
"Perfekt."
Toni steht etwas gelangweilt an der Rezeption. Die zwei Frauen haben viel zu tun. Die Rezeption ist belagert von Touristen.
Toni fragt sich, wie die Frauen bei deren Fragen dabei so locker bleiben können. Die zwei Kaffee hat er bereits ausgetrunken. Als er Monika mit Ema zusammen sieht, freut er sich. Er hat eigentlich nicht mit Ema gerechnet.
Die Drei fahren allein nach Bozen. Donato hat sich bereits zurück gezogen. Er wollte einen Aufruhr bei den Touristen vermeiden. Die sind ihm zu neugierig.
Kaum sind sie in Bozen am Polizeigebäude, erkennt Ema, Jozefa am Fenster.
"Ist mein Vater und Bruder mit da?"
"Ja."

Mutter und Tochter begrüßen sich lächelnd. Toni registriert das.
"Trauer sehe ich keine", sagt er zu Monika.
"Jeder trauert anders", antwortet Monika etwas schnippisch. Sie streichelt Toni dabei über den Hinterkopf.
Radim küsst seine Schwester etwas intensiver als Mutter. Papa Ludvik gibt ihr nur die Hand und streichelt sie mit der anderen. Er scheint die Tränen zu unterdrücken.
Toni und Monika beobachten die Gesten ziemlich genau.
"Ich kann nichts Unnatürliches feststellen", sagt Monika leise zu Toni. Die Zwei gehen derweil mit Marco etwas trinken.
"Sara hat die Protokolle schon fertig. Die kannst du dir dann mitnehmen."
"Mir fällt so Nichts auf. Die Protokolle sind wichtig."

Verena hat den Sprechfunk des Büros eingeschaltet und nimmt die familiären Gespräche auf. Ludvik ahnt das und spricht kaum ein Wort. Mama Jozefa ist gesprächiger. Radim auch.
Ema erzählt teilweise von ihren Erlebnissen. Verena staunt. Sie hätte nie gedacht, was hierzulande mit den Saisonkräften passiert. Sie hört schon fast süchtig zu als die Drei zurück kommen.

"Hast du Etwas erfahren?", fragt Marco.
"Ich habe Alles aufgenommen."
"Mach eine Kopie und gebe das Toni mit."
Monika wird das auswerten. Sie hört Sachen, auf die Toni kaum achtet.
Marco bringt die Familie ins Hotel in Bozen. Die Familie soll sich bereit halten und bei den Ermittlungen helfen. Papa Ludvik kennt sich etwas aus. Er hat zu Hause in den Betriebskampfgruppen mitgewirkt. Dort wurden sie für die Abwehr von Sabotagen geschult. Er betont mehrmals sehr innig, dass er die Täter überführt sehen möchte. Marco verspricht ihm das.

## Die Ermittlung beginnt

Nachdem sie die Familie im Hotel untergebracht haben, schmieden Marco und sein Team den neuen Schlachtplan. Das ist bereits der dritte. Es gibt zwei Richtungen. Entweder ist Iva mit Ema verwechselt worden oder Iva war das Ziel.
Die Gruppe muss breit ermitteln. Toni glaubt immer noch etwas an einen sexuellen Missbrauch. Die Spuren schließen das zwar teilweise aus. Aber sie lassen dennoch Möglichkeiten für diese Spekulation zu.
"Vielleicht war es einfache Eifersucht?", fragt Monika.
"Die Frage wäre, wer auf wen eifersüchtig war", antwortet Toni. Marco nickt.
"Wir müssen in das dritte Hotel, in dem Iva und Ema gedient haben."
"Also, müssen wir morgen in das Hotel Wanderhut", sagt Toni.
"Vergesst bitte nicht den Gasthof Schleuse", sagt Marco.
"Wir müssen auch noch mal zu Felix, Sibyla und Danka."
Mit ihrem neuen Erkenntnissen ist das sogar schon zwingend. Die neuen Fragen suchen nach Antworten.

Mittlerweile gehen Toni und Monika davon aus, die Frauen oder eine von ihnen war bei Doris zur Tanzveranstaltung. Und die ist immer Dienstags. Die Frage wäre jetzt, heraus zu bekommen, ob die Gastronomen diese Tanzveranstaltung besucht haben oder nicht.

Also, führt die Zwei der Weg heute wieder zu Doris. Kaum sind sie angekommen, werden sie von Doris empfangen. Doris bietet ihnen gleich eine Pizza von Garib, den Pizzaiolo an. Garib erkennt Monika und Toni. Er belegt die Pizza der Zwei etwas üppiger. Er schaut Monika auf die Hüften und legt noch ein paar Scheiben Speck dazu. Doris muss lachen.

"Für Monika", flüstert er.

Doris nickt ihm zu. Julian, ihr Sohn, hilft heute am Tresen. Er soll die Zwei bewirten. Julian hat auch etwas Überblick bei den Tanzveranstaltungen. Er bedient auch die Gäste im Vereinszimmer. Heute ist das nur Toni und Monika. Sie sind sehr früh zu Doris gegangen, bevor der Ansturm der Touristen einsetzt. Sie wollen auch mit der letzten Bahn nach Oben fahren.

Julian kommt kurz zu ihnen.

"Julian, kannst du dich an diese zwei Frauen erinnern?"

Toni zeigt ihm die Bilder von Ema und Iva.

"Ja. An die hier."

Julian zeigt auf Iva.
"Die andere Frau hast du nicht gesehen?"
"Nein."
"Weißt du noch, was Iva an hatte?"
"Daran kann ich mich nicht erinnern."
"Hat Iva mit Jemandem getanzt?"
"Ich glaube, sie hat nur getanzt."
"Mit wem?"
"Mit fast Allen, die Vorne sitzen und stehen."
Das wird schwierig, denkt sich Toni. Am besten, er schickt Monika vor. Monika kann das bedeutend geschickter lösen.
Garib bemerkt die Fragen von Monika.
"Zeig mir mal die Bilder."
Monika zeigt sie ihm.
"Die Zwei habe ich gesehen. Sie sind häufig nach Draußen gegangen. Immer mit einem Anderen. Ich glaube, sie bumsen Draußen und im Keller."
Die Männer am Tresen halten sich dagegen etwas zurück. Sie schauen sich untereinander an und lachen. Schorsch ist auch da.
"Wenn du mir die so zeigst, kenne ich die Mädchen."
"Waren die oft hier?"
"Immer dienstags."
"Warum hast du das nicht gleich gesagt?"
"Naja. Du weißt schon."
"Warst du auch mit den Mädchen, Draußen? Wir

haben die Proben vom Sperma."
Monika blufft. Von Schorsch gibt es keine Spuren.
"Das letzte und vorletzte Mal nicht."
"Wieso nicht?"
"Als Zehnter?"
"Ach so."
"Was hast du immer gegeben?"
"Sie waren recht günstig. Günstiger als in Meran und Bozen. Vierzig."
Monika lacht.
"Für eine Hasennummer?"
Schorsch muss auch lachen.
"Was denkst du? Willst du es mal probieren?"
"Das würdest du nicht überleben in deinem Zustand."
"Bei dir hätte ich drei Leben. Du hast Recht. Es war eine schnelle Nummer."
"Eine Handnummer oder eine richtige?"
"Für eine Handnummer wollte sie Dreißig."
"Und du glaubst jetzt, das war eine richtige Nummer?"
"Warm und schön war es auf alle Fälle."
Beide lachen.
"Wärmer als bei deiner Hilde? Die hat doch auch ein schönes Büromaß."
"Naja. Das ist eben kein lebendiges wie deins."
"Du Schlawiner. Danke für deine Auskünfte."
Schorsch versucht, beim Gehen, Monikas Hintern zu

berühren. Monika greift blitzschnell mit einem festen Griff in den Schritt von Schorsch zurück.
"Usch!"
"Verschluck dich nicht."
Toni hat das beobachtet und lacht sich fast krumm.
"Der kann jetzt drei Tage nicht fahren."
"Das stimmt. Bei Johanna in der Garage jedenfalls nicht."
"Der Griff war nicht schlecht."
"Den habe ich für dich trainiert. Bei Schorsch habe ich aber ins Leere gegriffen."
"Der Arme."
"Du meinst, die arme Hilde."
"Naja. Hilde hat den Hof und zwei Knechte."
Monika gibt Toni einen Kuss.
"Saug nicht so stark."
"Warte ab. Dann."
Die Zwei fahren in die Hütte. Toni stellt das Wasser an. Monika spielt die Aufnahmen auf ihren Computer. Sie trägt die Kopfhörer und hört sich schon einen Teil an bis das Wasser warm ist. Toni schaut ihr zu. Wahrscheinlich hat sie schon etwas bemerkt. Sie lacht. Und das ausgerechnet bei dem Thema.
Nach dem Duschen reden die Zwei über Ema, Iva und Danka. So viel Monika bisher gehört hat, haben die Drei mit dem Wissen der Familie, Etwas dazu verdient. Das konnte Monika bereits heraus hören.

"Wir müssen morgen zu Sibyla und Danka", sagt sie zu Toni.
"So, wie du gerade duftest, wird es wohl etwas später."
"Halte mich nicht immer von der Arbeit ab."
"Du wirst doch nicht etwa wie die anderen Frauen?"
"Wie meinst du das?"
"Vor der Hochzeit, drei Mal täglich; nach der Hochzeit, einmal jährlich. Mit dem Ehemann."
"Du kannst es ja mal ausprobieren."
Beim Kaffee am Morgen fragt Toni, Monika:
"Ist Ema noch erreichbar?"
"Sie ist bei ihrer Familie."
"Die Familie muss unbedingt vollständig hier bleiben."
"Ich sage es Marco."
"Bleibst du hier?"
"Ich muss noch die ganzen Daten auswerten. Mir wäre das am liebsten."
Toni fährt nach Unten. Dort wartet schon wieder Marco. Bei ihm ist Donato. Doris kommt sofort mit dem Kaffee.
"Doris. Ich muss wissen, ob auch Danka bei dir war."
"Geb mir mal bitte das Bild von ihr. Ich frage Julian."
"Die sind auf den Strich gegangen", sagt Marco. "Aber nur in Familie - selbst organisiert."
"Dann besteht ja die Möglichkeit, die Konkurrenz hat da etwas mitgesprochen."

"Das untersuchen wir gerade."
"Kennst du die Hauptakteure?"
"Ja. Alle."
"Hast du die schon vorgeladen?"
"Wir befragen die gerade."
"Ich muss zuerst zu Sibyla und dann zu Felix."
"Die Frau war auch bei uns", sagt Julian.
"Kannst du dich noch erinnern, was die an hatte?"
"Sie kam fast immer in den gleichen Sachen."
"War sie so fleißig wie Ema und Iva?"
"Das muss ich Garib fragen."
"Ich komme heute Abend vorbei."
"Bis dann."
Toni fährt als Erstes zu Felix. Felix erkennt ihn schon von Weitem. Die Tür öffnet sich.
"Ich muss wissen, ob du alle drei Frauen kennst."
Toni zeigt ihm die Bilder.
"Die waren immer zusammen."
"War Sibyla auch dabei?"
"Immer."
"Hast du ein brauchbares Foto von Sibyla?"
"Aber natürlich. Ich habe fast schon eine Sammlung."
"Ich brauche nur das Gesicht."
"Das werden wir leicht finden."
Die Sammlung ist ziemlich umfangreich. Von gut gekleidet bis Akt.
"Sibyla ist sehr schön."

"Ja eben. Das ist ein schwerer Verlust für mich."
Toni findet ein Porträtfoto.
"Das würde ich gern behalten. Bis die Ermittlung abgeschlossen ist."
"Gerne. Informiere mich bitte, wenn du mehr weißt."
"Versprochen."
Jetzt fährt Toni zu Sibyla. Sibyla sieht ihn schon vor dem Haus kommen. Sie steht gerade im Garten und telefoniert.
"Das ist ein schönes Motorrad", sagt sie zu ihm.
"Danke. Ich habe ein paar Fragen an sie."
"Ich bin Sibyla."
"Toni."
"Ich muss wissen, ob du auch Danka mit vermittelt hast."
"Natürlich. Das weißt du aber schon."
"Waren zu den Tanzabenden bei Doris auch noch andere Mädchen dabei. Du vielleicht?"
"Ich war und bin auch ziemlich oft dort."
"Am Tag des Mordes auch?"
"Da war ich nur kurz. Jonas war mit. Er hat geschimpft mit mir."
"Warum?"
"Ich habe zu heftig mit Luis getanzt."
"Eifersucht?"
"Eher Alkohol."
"Hast du ein Bild von dir?"

"Was für eins möchtest du gern?"
"Naja. Eine Vorlage brauche ich nicht mehr."
"Ein Passbild vielleicht?"
"Das wäre richtig. Es kann auch etwas größer sein."
Sibyla holt ein ganzes Sortiment heraus. Toni rollt mit den Augen. Wie scheint, hat Sibyla auch Pornos gedreht.
"Ist das privat?"
"Naja. Das veröffentliche ich im Netz. Ich habe dort meine Seite. Wir leben auch davon."
"Dann führst du ja schon ein recht großes Unternehmen."
"Mir wird das schon fast zu groß."
"Als Personalvermittlung ist deine Firma aber registriert."
"Ist das etwa keine Personalvermittlung?"
"Du hast Recht. Es ist eine. Ich ermittle nicht in dem Zusammenhang. Es besteht keine Gefahr."
"So lange du nicht meine Kundenkartei einliest, geht das ja in Ordnung."
"Steckt dort so viel Gefahr drin?"
"Nicht für mich."
Toni verabschiedet sich von Sibyla.
"Besuch mich mal wieder", sagt sie zu ihm.
"Gerne. Ich bringe mal Monika mit. Du hast einen schönen Garten."
"Nicht nur das."

Toni wird nicht mehr rot. Er kennt inzwischen alle doppelsinnigen Anspielungen.

Er muss jetzt zu Danka. Vorher ruft er Paul an. Seine Rezeptionistin geht ans Telefon.

"Paul ist nicht da im Moment."

"Ist Danka im Haus?"

"Da muss ich auf der Etage und in der Wäscherei anrufen."

"Mach bitte kein Trara. Ich muss sie nur etwas fragen. Entweder in eurem Extrazimmer oder an der Rezeption."

"Ist gut. Ich lasse sie kommen. Wann sind sie hier?"

"In zehn Minuten."

Oh. Toni hätte eine größere Zeitspanne sagen sollen. Zehn Minuten sind etwas knapp. Obwohl er gerade auf die MEBO auffährt.

Toni kommt pünktlich an. Danka steht noch nicht an der Rezeption.

"Danka ist auf ihrem Zimmer. Sie muss heute Abend abdecken."

Toni weiß bereits wo ihr Zimmer ist. Er geht hin. Er muss nicht mal anklopfen. Danka steht bereits in der offenen Tür. Wahrscheinlich hat die Rezeptionistin schon angerufen. Sie ist auch Slowakin.

"Ich habe jetzt Zimmerstunde."

"Das ist aber zeitig."

"Ich muss heute Abend noch abdecken und die Sauna

putzen."
"Darf ich rein kommen?"
"Ja. Meine Kollegin ist auch da."
Die Kollegin ist recht dünn angezogen. Sie stellt sich mit Lenka vor. Lenka ist nicht so schön wie ihre Kolleginnen. Eher etwas maskulin mit ziemlich kurzem Haar und einer, eher sportlichen Figur. Toni muss in sich lachen. Die Zwei schlafen im Doppelbett.
"Ich habe eigentlich nur ein paar Fragen. Die brauche ich der Vollständigkeit halber."
"Und die Fragen wären?", sagt Danka. Danka spricht sehr gut Deutsch.
"Geht ihr mit euren Kolleginnen in die Laterne zum Tanz?"
"Ja."
Die Antwort ist Toni etwas zu knapp.
"Geht ihr immer alle und zusammen?"
"Wenn ein Mädchen abdecken muss, geht sie nicht mit."
"Das Abdecken dauert wohl ziemlich lange?"
"In manchen Zimmern zu lange."
Toni versteht den Wink nur zu gut. Er fragt nicht tiefer nach. Außer in einem Fall.
"Wie sieht das mit einem deutschen Hotelier aus?"
"Bei dem dauert es immer besonders lange. Er möchte uns in seinem Betrieb haben."
"Alle?"

"Ja."
"Und wie sieht es damit aus?"
Toni klopft mit einer flachen Hand auf die andere, die er zur Faust zusammenrollt.
"Ja. Genau deswegen."
"Er zahlt wohl gut?"
"Seine Frau rechnet mit uns ab."
"Er hat eine Frau?"
"Ja. Sie ist auch da."
Toni möchte das nicht weiter erfragen. Ihn interessiert das nur nebenbei. Er befürchtet sonst, den Faden zu verlieren.
"War't ihr letzten Dienstag in der Laterne?"
"Ich nicht. Aber Lenka war mit."
"Lenka. Wie Viele war't ihr?"
"Wir waren zu viert."
"Wie lange war't ihr zusammen?"
"Eigentlich bis zum Schluss. Wir treffen uns immer für den gemeinsamen Heimweg."
"Iva, Ema, Sibyla und du?"
"Nein. Danka hat uns abgeholt."
"Also war't ihr zu Fünft?"
"Nein. Iva hat sich von uns verabschiedet und ist zurück gegangen."
"Hat auf sie Jemand gewartet?"
"Sicher. Sie hat gesagt, sie hat eine Verabredung."
"Mit wem, hat sie euch nicht gesagt?"

"Nein. Sie sprach nur von einem Riesending."
Toni fragt das nicht weiter. Er kann sich vorstellen, was die Frauen meinen. Er muss Monika auf die Mädchen ansetzen. Vielleicht erfährt Moni mehr. Langsam erklären sich auch die vielen Spermaspuren bei Iva. Er schüttelt mit dem Kopf. Schlammreiter.
Er erfährt viel Nebensächlichkeiten von den Frauen. Vielleicht ist dieser oder jener Anhaltspunkt dabei. Er hat alles aufgenommen. Heimlich. Den Mädchen hat er das nicht gesagt. Er wollte, das sie hemmungslos auspacken.
"Gute Nacht", sagt Toni beim Abschied von den Zweien.
"Komm ruhig mal wieder", antwortet Danka. Sie zeigt dabei etwas Oberschenkel.
Toni möchte Paul noch etwas fragen. An der Rezeption bekommt er gesagt, Paul sei unterwegs. Eigentlich möchte Toni jetzt noch die anderen Hotels besuchen. Die Zeit wäre günstig. Wir nähern uns der Zimmerstunde und Mittagspause.
"Was gibt es denn heute bei euch zum Mittag?"
"Hähnchenschenkel, so viel ich weiß", ist die Antwort der Rezeptionistin.
Vielleicht gibt es im Wanderhut etwas Besseres. Mal sehen.
Toni fährt zum Wanderhut. Rainer, der Chef, erwartet ihn schon. Toni hatte sich telefonisch angemeldet.

Schon im Foyer wird Toni von Rainer erwartet. Sie gehen zusammen ins Stübele. Toni möchte eigentlich nur wissen, wann Ema und Iva bei ihm gedient haben. Gleichzeitig fragt er aber auch Rainer, ob zufällig die anderen Kolleginnen bei ihm gearbeitet haben.
Rainer gibt ihm zu verstehen, er wünsche keine große Geschichte oder gar Schlagzeilen. Immerhin hängt die Existenz des Hauses und der Familie daran.
"Ich kann dir Ausdrucke unserer Lohnmeldungen machen lassen."
"Wie sieht es mit der anderen Beschäftigung aus?"
"Die Mädchen haben oft gesagt, sie bekämen von Familienangehörigen geholfen. Ich hatte nach der Prüfung der Ergebnisse nichts dagegen."
"Du hast sie also als Familienunternehmen im Familienunternehmen beschäftigt?"
"Das ist eine gute Beschreibung, Toni."
"Du bist demnach nicht im Bilde, wer bei dir gearbeitet hat?"
"Nein. Frage bitte mal Magda; die Gouvernante."
"Schick mir die mal bitte hier her."
"Möchtest du noch Etwas zu trinken?"
"Wenn es Recht ist, einen Kaffee für mich. Was gibt es heute bei dir zum Personalessen?"
"Rippelen."
"Meinst du Südtiroler Rippelen oder die Knochen aus Deutschland?"

"Richtige. Unsere."
"Würdest du mir eine Portion geben?"
"Spendieren meinst du?"
"Bei einer Spende dürfen es auch zwei Portionen Rippelen sein."
"Gut. Das bekommst du. Versprich mir aber, den Mord aufzuklären."
"Ich hab Hunger. Versprochen."
Zwischenzeitlich kommt Magda. Magda ist etwas schneller als die Rippelen. Rainer sieht das und bremst die Auslieferung des Essens. Der Kaffee kommt. Magda würde auch gern Einen trinken. Ihr Kaffee kommt unverzüglich nach. Toni will nur wissen, ob die ganze Familie von Ema und Iva im Wanderhut gearbeitet hat. Magda hat das mit einem Nicken bestätigt.
"Die Löhne haben wir immer Ema überwiesen. Die Lohnzettel waren auch auf sie ausgestellt."
"Kennst du die anderen Familienmitglieder persönlich?"
"Ja. Iva und Ema waren sich sehr ähnlich. Ich dachte immer, sie seien Zwillinge. Die Zwei haben sehr gut gearbeitet. Ihre Zimmer waren immer sehr gut geputzt und gerichtet."
Toni winkt. Die Rippelen können kommen. Er bedankt sich bei Magda.
"Wenn ich noch Fragen habe, melde ich mich bei dir.

Geb mir bitte deine Telefonnummer."
Magda weiß ihre Nummer nicht mal aus dem Kopf. Sie legt Toni das Handy hin.
"Die Karte und Nummer habe ich erst neu."
Magda bleibt noch etwas bei Toni. Sie unterhalten sich noch etwas, während Toni isst und Magda den Kaffee trinkt. Die Pause täte ihr gut, hat sie gesagt. Rainer kontrolliert immer, ob die Zwei sich noch unterhalten.
Wie üblich, nimmt Toni Alles auf. Er überspielt die Aufnahmen auf Monikas Computer. Sie soll dann zu Hause suchen, ob sie Etwas findet. Die Methode hat sich als gut erwiesen. Die hat einen Nachteil. Monika wird so zur Heimarbeiterin. Bekanntlich wird deren Arbeit oft weit unterschätzt und nicht entsprechend gewürdigt.
Jetzt bleibt Toni noch der Weg ins Hotel Gutmut. Das befindet sich nicht weit entfernt vom Wanderhut. Eigentlich nur über eine Kreuzung. Das Gebäude ist ähnlich groß wie der Wanderhut. Es gibt reichlich Personal. Natürlich auch reichlich Zimmermädchen. Und genau die, sucht Toni. Er ruft an dort.
Der Chef geht ans Telefon. Er stellt sich bei der Nachfrage Tonis gleich mit seinem Namen vor; Patrick. Patrick klingt recht jung am Telefon. Wahrscheinlich ist das bereits der Junior des Hotels. Der Parkplatz des Hotels ist voll belegt. Toni muss

gegenüber parken und über die Straße laufen. Die Rezeption des Hotels ist belagert. Kein Platz ist frei. Toni winkt. Keine Reaktion. Er ruft im Foyer, Patrick an. Der kommt aus seinem Büro hinter der Rezeption. Beide lachen über den Telefonanruf aus Not.
"Seit elf Uhr sehe ich das eigene Foyer nicht mehr", sagt er lachend.
Die Beiden entfernen sich. Das vielsprachige Geschnatter strapaziert ihre Nerven zu gewaltig. Sie verstehen sich nicht.
Das Hotel hat auch ein feines Stübele. Natürlich aus Zirbenholz.
"Ich muss mit deinen Zimmermädchen sprechen. Am besten, mit der Gouvernante."
"Warum?"
"Ich ermittle im Mord an Iva, dem Zimmermädchen."
"Ich habe gehört davon. Bist du schon weiter?"
"Ja. Iva wurde mit ihrer Schwester verwechselt. Die heißt Ema. Beide haben bei dir gearbeitet."
"Na dann, muss ich Brigitte rufen. Die ist auf Etage."
"Hast du vielleicht Unterlagen zu den Zweien?"
"Da muss ich die Chefin fragen. Die leitet das Büro."
"Wo ist das Büro?"
"Gleich hinter meinem."
"Da seht ihr ja den ganzen Tag keine Sonne."
"Du genügst uns."
Beide lachen. Bei Patrick wirkt es etwas aufgesetzt.

Toni bemerkt das.
"Gehen wir gleich zusammen hin?"
"Natürlich. Die Damen werden sich freuen."
Im Büro riecht es etwas verschwitzt.
"Viel Arbeit im Moment?", fragt Toni.
Patrick versteht den Wink.
"Macht mal bitte das Fenster auf", sagt er zu den Frauen.
"Mich friert aber", antwortet Laura, die Chefin.
Patrick stellt den Frauen, Toni vor.
"Ich benötige Lohnunterlagen von ihren Zimmermädchen."
Das Lächeln der Damen verschwindet. Die Freundlichkeit wirkt ab jetzt aufgesetzt. Toni bemerkt das auch.
"Von allen Zimmermädchen? Auch von den Aushilfen?"
"Ja."
Der Drucker schnattert. Es kommt eine ziemlich lange, schwer zu lesende Liste aus dem Schacht des Druckers.
"Wo finde ich die Namen?", fragt Toni.
"An dritter Stelle."
Wie überall, steht Ema auf der Liste. Iva nicht. Dafür findet Toni aber Sibyla, Danka und Lenka.
Brigitte kommt.
"Wir müssen uns kurz in einem ruhigen Raum

unterhalten."
"Gehen wir in unser Stübele", sagt Patrick.
"Ich muss mit Brigitte allein sprechen", sagt Toni zu Patrick und Laura.
Jetzt bemerkt Toni eine trotzige Reaktion von Laura.
Die Zwei gehen und lassen Toni mit Brigitte allein.
"Kennst du Iva und Ema?"
"Ja. Die haben uns geholfen."
"Iva ist ermordet worden."
Brigitte wirkt sofort traurig. Sie weint.
"Das waren sehr gute Kolleginnen. Sauber und schnell."
"Wo haben die Zwei geholfen?"
"In den Zimmern. In der Wäscherei wollten sie nicht dienen. Dort war es ihnen zu warm."
"Kennst du Sibyla, Lenka und Danka?"
"Ja. Die arbeiten auch zeitweise bei uns."
"Sind die auch so gut wie Ema und Iva?"
"Nicht ganz."
"Also habt ihr eher Iva und Ema angerufen, wenn ihr Hilfe benötigt?"
"Ja. Die Zwei sind zwar etwas teurer als ihre Kolleginnen. Sie sind es aber wert."
"Gab es irgendwelche Verhältnisse bei den Beiden?"
"Du meinst, Freundschaftsbeziehungen?"
"Ja."
"Viele Gäste mochten die Zwei."

"Männliche?"
"Nicht nur."
"Ist auch ein deutscher Hotelier mit seiner Frau dabei?"
"Ja. Er wollte die Zwei immer abwerben."
"Kennst du die Namen von Denen?"
"Ja. Mario und Evelina. Evelina ist Slowakin."
"Danke, Brigitte. Wenn ich noch Fragen habe, rufe ich dich an."
Schon ist das Interview beendet. Brigitte gibt Toni ihre Nummer.
Toni glaubt, eine Spur zu haben. Er weiß noch nicht, wie wertvoll die ist. Er muss zurück ins Büro. Er möchte den Hotelnamen des deutschen Hoteliers erfahren.
"Patrick. Kannst du mir sagen, welches Hotel in Deutschland, Mario gehört?"
"Sicher. Das dauert etwas."
Patrick verschwindet schnell im Büro. In zwei Minuten ist er schon wieder da.
"Zur Kurve heißt deren Hotel."
"Danke Patrick."
Toni ruft jetzt Monika an.
"Ich kann jetzt hoch kommen. Mach das Wasser warm. Ich habe eine Spur."
"Ich habe auch eine gefunden."
"Na, das wird ein lustiger Abend."

"Du meinst den Morgen."
Beide lachen.
Kaum ist Toni oben bei Monika, gesteht er ihr:
"Ich habe heute mehr Zwickel gesehen als bei einer Parade unseres Musikkorps."
"Und gerochen?"
"Teilweise, schätze ich."
"Ich hab uns warme Kaminwurzen gemacht."
"Vom Schwein?"
"Ja sicher."
"Rainer hat mir ein paar Rippele für dich mit gegeben."
"Ich werde mich demnächst bei ihm ohne Unterhose bedanken."
"Du liebst wohl Rainer noch?"
"Naja. Etwas mehr als dich."
"Aber Rainer ist doch verheiratet."
"Du doch auch."
"Aber Rainer ist doch viel kleiner als ich."
"Deswegen habe ich dich geheiratet."
"Also, liebst du Rainer nur in der Not."
"Bei dir, habe ich noch keine Not."
"Du hast aber schön warm gemacht heute."
"Dir wird gleich bedeutend wärmer."
Am Morgen werten die Zwei ihre Spuren aus und vergleichen sie.
"Ich habe einen verdächtigen deutschen Hotelier."

"Ich habe im Ort der Familie eine zweite Familie gefunden. Und deren Frauen und Männer arbeiten auch in Südtirol. Es gibt Streit zwischen den Familien."
"Und das hast du aus den Befragungen der Familie heraus gehört?"
"Ich habe noch einmal nach gefragt bei Marco."
"Was ist die Ursache des Streites?"
"Die zwei Familien haben zusammen ein Auto gekauft oder gemietet. Die andere Familie hat nicht bezahlt, nutzt aber das Auto mehr."
"Alles klar."
"Nicht ganz. Es gibt diverse Anzeigen mit reichlich Bußgeldbescheiden."
"Ach so. Ist da etwas Kriminelles dabei?"
"Nur etwas. Schmuggel und so weiter."
Toni muss wieder zu Danka, Lenka und Sibyla. Jetzt hat er ein paar Druckmittel und kann sie besser befragen. Natürlich will er Paul, Mario und Evelina treffen.
Sein erster Weg führt ihn zu Paul ins Hotel Auge. Er ruft zuerst an. Paul sagt ihm, Mario ist im Haus. Paul soll die Zwei aufhalten.
Mario sitzt mit Evelina an der Bar im Foyer. Paul ist bei ihnen und hat ihnen einen Drink auf Hauskosten ausgegeben.
Tonis Telefon klingelt. Er wollte den Anruf erst ablehnen. Monika leuchtet aber auf dem Bildschirm.

Toni nimmt an.
"Ich habe Pornos gefunden. Die hat Mario gedreht oder drehen lassen."
"Hast du schon Marco angerufen?"
"Ja. Er ist unterwegs. Ich habe ihm die Kopien geschickt."
"Auf den Videos ist wohl Iva oder Ema zu sehen?"
"Nein. Aber Evelina, Sibyla, Danka und Lenka."
"Jetzt wird's interessant."
"Das sagst du bereits das dritte Mal in dem Fall."
"Zählst du mit?"
"Heute Abend zähle ich mit."
"Du bist wohl scharf geworden bei der Recherche?"
"Nein. Aber ich habe Hunger."
"Soll ich ein paar Haxen mitbringen?"
Marco kommt gerade. Er hat Begleitung dabei. Die verhaften Mario und Evelina direkt an der Bar.
"Verdacht auf Menschenhandel, Kinderpornografie und Erpressung", sagt Marco.
"Die haben nicht mal ausgetrunken", sagt Paul.
"Vielleicht sind sie nur erschrocken."
Marco sagt, die Hinweise der Familie haben viel ergeben. Die Wohnung von Andreas wurde durchsucht. Man wurde fündig.
"Ei. Die Fotos hatte ich in den Händen", sagt Toni.
"Das wissen wir bereits. Aber das Material, welches kriminell ist, hast du nicht gesehen."

"Da hab ich aber Glück gehabt."
Toni sagt zu Paul, er möchte die Zimmermädchen befragen.
"Hast du heute Haxen oder Rippelen auf der Tageskarte?"
"Du hast Glück. Haxen sind dabei."
"Kannst du mir zwei oder drei mitgeben?"
"Natürlich."
Die Zimmermädchen kommen.
"Es gibt neue Fragen."
"Wir haben schon gehört. Mario wurde fest genommen."
"Der Buschfunk scheint zu funktionieren bei euch."
Die Zwei bleiben ruhig.
"Habt ihr schon Ersatz für eure Kolleginnen?"
"Sibyla hat uns Vertretung versprochen."
"Sibyla wurde verhaftet. Aber nur für einen Tag."
"Ja dann - wird es schwierig für uns."
"Wir haben Filme gefunden, in denen ihr mit spielt."
"Oh je", sagt Danka.
Lenka wird rot.
"Bin ich auch dabei?"
"Du hast eine schöne Figur gemacht."
"Wolltet ihr Ema und Iva mit in diesen Filmen haben?"
"Sie hätten uns schon gefallen. Beide sind schön."
"Darf ich davon ausgehen, bei den Gästen des Hauses die Tester zu finden?"

"Ja."
"Sagt ihr mir die Namen?"
"Wenn es sein muss."
Die Liste wird ziemlich lang. Vier Hausgäste. Die sind auch Stammgäste von Paul. Paul wird langsam verlegen. Er scheint von Nichts zu wissen.
"Die Stammgäste muss ich befragen."
"Oh. Das hat auch für mich Folgen."
"Ich bin nur ein privater Ermittler. Keine Sorge."
"Also kommt Nichts in die Zeitung?"
"Das kann ich dir versprechen."
"Dann werde ich mal die Rezeption benachrichtigen."
"Ich muss aber noch etwas Anderes wissen. Auch Namen."
"Und die lauten?"
"Emil, Ilona, Henrich, Kamila."
"Das haben wir relativ schnell. Du kannst direkt warten. Willst du einen Kaffee?"
"Gerne."
Toni möchte wissen, ob die Nachbarfamilie von Ema bei uns in Südtirol war. Sicher hätten die Frauen die Familie erkannt. Meist haben die Putzkräfte aber keinen Kontakt mit den Gästen. Und wenn, dann eher während der Hausreinigung oder bei sonstigen Kontakten. Das will Toni erfahren.
Marco hat inzwischen erfahren, als was die Nachbarn arbeiten. Sie sind Markthändler und produzieren

kleine Souvenirs.
Kaum hat Toni den Kaffee am Mund, kommt Paul wieder.
"Die waren bei uns. Vor Kurzem."
"Danke."
Paul gibt Toni den Ausdruck. Toni fotografiert ihn und schickt das Bild sofort zu Monika.
"Wie sieht es mit dem familiären Besuch Ihrer Beschäftigten aus?"
"Davon können wir sicher auch einen Ausdruck anfertigen."
"Den kannst du bitte direkt zu Monika schicken. Ich bitte dich, den selbst anzufertigen."
"Das mach ich dir gern. Unsere Familie möchte zu gern den Täter verhaftet wissen, der Iva auf dem Gewissen hat."
Paul gibt Toni Rippelen mit. Fast vier Kilo. Auch sechs Haxen.
"Hat sich mein Appetit schon herum gesprochen?"
"Das ist bereits Ortsgespräch."
Beide lachen und verabschieden sich.
Toni muss jetzt noch in die Töll. Zur Schleuse.
Kaum betritt er das Restaurant, wird er von einer Rauchwolke empfangen. Am Tisch sitzen ein paar Männer, die Karten spielen. Hinter den Tresen steht Christoph, der Wirt. Er ist etwas angetrunken. Sein Sohn, Markus begrüßt Toni. Er kennt Toni gut. Er ist

auch Motorradfahrer. Sie sind gelegentlich ein paar Runden zusammen gefahren.
"Was verschlägt dich zu uns?"
"Der Mord an Iva."
"Die kannte ich gut. Mir tut das sehr Leid. Sie haben bei uns gelegentlich geputzt. Wie geht es Ema?"
"Die wird in der kommenden Zeit erst mal nicht zum Putzen kommen. Ihr werdet euch andere Kräfte suchen müssen."
"Danke für den Hinweis."
"Deine Mama und deine Schwester sind nicht da?"
"Du weißt doch, die arbeiten abends."
"Alles klar. Waren nur Ema und Iva bei euch putzen oder auch deren Kolleginnen?"
"Nein. Nur die Zwei."
Toni verabschiedet sich. Er meint, genug erfahren zu haben. Heute muss er nicht weiter ermitteln. Er fährt nach Hause. Sicher hat Monika noch einige Funde. Bei Monika angekommen, präsentiert er die Rippelen und die Haxen.
Monika wirft den Grill draußen an. Sie will die Rippelen und Haxen auf dem Grill erwärmen. In der Zwischenzeit schaut Toni bei ihr auf den Computer. Die Daten zeigen, die Nachbarfamilie von Ema war hier zum Beschneiden der Obstbäume. Sie haben auch auf Märkten gestanden. Auf den kleineren. Selbst Hausverkäufe haben sie versucht. Marco

scheint sie gut vernommen zu haben. Wahrscheinlich haben sie auch Waren gehehlt oder gehandelt, die in Häusern und Garagen der Südtiroler gestohlen wurden. Monika scherzt:
"Viel Wertvolles kann nicht dabei gewesen sein."
"Wertvolles? Schon. In der Anzeige bei der Polizei."
"Du meinst, Goldschmuck war keiner dabei?"
"Sicher auch. Vergoldeter aus Kroatien."
Die Zwei lachen schadenfreudig.
"Der Goldschmuck wird mit jeder Anzeige, massiver."
Bei der gemeinsamen Durchsicht der Notizen Monikas, fällt Toni viel auf. Wie scheint, ermitteln sie in die falsche Richtung oder nicht komplett. Ema erzählt von Freundschaften im Ort und in Meran. Selbst ihre Familie weiß davon. Vater Ludvik ist genau deswegen böse. Wie scheint, ist Ema schwanger. Das muss Toni noch einmal extra erfragen. Ema hat so zu sagen, auf etwas Festes spekuliert.
"Ema muss sich unbedingt untersuchen lassen. Wir brauchen einen Labortest", sagt Toni.
"Mein Labor wartet auch auf einen Test."
"Auch das noch. Ich bin fertig heute."
"Nach meiner Behandlung, sicher."
Tonis körperliche Reserven sind erschöpft für heute. Monika beklagt sich nicht. Sie weiß warum. Das scheint ein Redeabend zu werden. Toni ist mit dem Kopf ganz wo Anders.

"Lass uns noch etwas an den Rippelen knabbern."
"Essen macht mich müde."
"Dann essen wir heute und morgen Früh werten wir die Unterlagen aus."
"Die Idee ist gut. Wir schauen noch einen Film. Ich brauche etwas Ablenkung."
"Wie wäre es mit der Reise zum Mittelpunkt der Erde?"
"Aber bitte die Version mit James Mason."
"Die andere Version habe ich nicht mehr."
Die Rippelen und Haxen schmecken ausgezeichnet vom Holzgrill.
"Der Holzgrill soll giftig sein", schreiben die in der Zeitung.
"Bei denen ist jeden Tag etwas Anderes giftig. Glaubst du deren Propaganda?"
"Die schreiben das aber auch bei uns in die Zeitung."
"Unsere schreiben doch auch nur ab. Oder denkst du, die hätten das heraus gefunden?"
"Ich schätze, viele Hoteliers haben jetzt ihre Grillanlagen im Freien umsonst gebaut."
"Keine Angst. In einem Jahr haben die das Alles vergessen. Und schaden tut das Keinem außer uns. Die Kosten bezahlen wir doch."
"Manchmal kann ich deinen Ansichten nicht folgen."
"Das musst du auch nicht. Hauptsache du weißt, wohin deine Ausgaben für die Hüttenerweiterung

gebucht werden."
"Das hat bis jetzt Papa Lukas gemacht."
"Wenn er dabei etwas falsch gemacht hätte, wäre das hier dein erster Wohnsitz."
Marco hat inzwischen wieder Kontakt nach Hronec. Er möchte Genaueres über der Familie erfahren. Das Email, das von dort eintraf, war schon fast in Aktenstärke. Marco hat es Monika geschickt. Monika ist etwas überfordert. Die Akten sind in Slowakisch. Einen Dolmetscher von den hier Beschäftigten, braucht sie sich nicht organisieren. Die würden eher die Hälfte übersetzen oder lügen. Wer verrät schon gern seine abhängig beschäftigten Landsleute. Per Email bittet Sie die Beamten dort, nur das Wichtigste der Dokumente zu übersetzen.
"Morgen erhalten Sie die Übersetzung", kommt umgehend als Antwort in bestechendem Deutsch. Trotzdem kann Monika schon mal die Busgelder zusammenrechnen. Und das ist schon eine beneidenswerte Summe. Dagegen wirkt der Brennerübergang wie eine Filiale. Monika sieht die Forderung der Familie von Ema als berechtigt an. Ob jetzt deshalb Iva von der Familie ermordet wurde, findet Monika nicht unbedingt. Die Ämter wissen ja Bescheid. Es gibt Nichts zu verbergen. Es sei denn, Rauschgift wäre im Spiel. Aber das durch mehrere Europäische Grenzen zu bringen, ist schon ein Risiko.

Trotzdem es so scheint, die Grenzen wären unbewacht. Die Kontrollen sind lediglich auf die Binnenstraßen verlagert worden. Und das sind mehr Kontrollen als vorher an den Grenzen.
Gelegentlich übersetzt Monika die Dokumente maschinell. Sie findet heraus, Henrich wird vermisst. Er wird als obdachlos geführt. Per Email stellt sie dem dortigen Amt die Frage nach Henrich. Die gleiche Frage stellt sie Marco zu. Der soll die Familie von Ema fragen, ob die Etwas wissen.
Die Antwort kommt prompt. Henrich ist Ema sehr wohl bekannt. Er wollte Ema oder Iva immerhin heiraten. Ema scherzt, er hätte auch gern uns Zwei geheiratet. Dafür wäre er auch zur Not zum Mormonen geworden.
Für Monika verdichtet sich der Pornoverdacht. Offensichtlich hat die Nachbarfamilie davon Wind bekommen. Vielleicht sind sie sogar involviert? Als Händler und Vermarkter?
In den Unterlagen ist auch von Menschenschmuggel die Rede. Das muss Monika genauer heraus bekommen. Sie richtet deswegen eine extra Anfrage an das Amt in Hronec.
Es treffen neue Unterlagen ein. Die sind fast so umfangreich wie die ersten. Nach der maschinellen Übersetzung liest Monika Etwas von Mario und Evelina. Sie schüttelt mit dem Kopf. Hoffentlich haben

die Bozner, die Zwei noch nicht laufen lassen. Marco bestätigt, die sitzen noch. Drei Anwälte wären da.
"In dem Gewerbe scheint man gut zu verdienen", spottet Marco.
"Bei drei Anwälten."
Toni fährt los. Er muss heute wieder zu Sibyla. Monika hat ihm beim Abschied versprochen, sofort anzurufen bei neuen Erkenntnissen.
Zuerst möchte er bei Felix vorbei schauen. Felix muss doch Etwas wissen, denkt er sich. Felix empfängt Toni zwischen den Türen. Er muss auf Arbeit. Als er Toni trifft, ruft er auf seiner Stelle an, er käme heute etwas später. Die Zwei gehen in seine Wohnung. Die ist gut aufgeräumt.
"Hast du eine neue Frau?"
"Ema kommt manchmal vorbei zum Aufräumen."
"Du hast also gewusst, Ema ist nicht das Opfer."
"Nein. Erst viel später sagte mir Ema, Iva ist das Opfer."
"So lange war ich nicht hier?"
"Scheint so."
"Hast du etwas von der Nebentätigkeit der Zimmermädchen gewusst?"
"Ja."
"Hast du auch Fotos oder gar Filme davon?"
"Aber sicher. Alle."
"War da auch Ema und Iva dabei?"

"Das ist auch mit der Grund, warum Ema nicht mehr hier wohnt."
"Warum hast du mir das verschwiegen?"
"Du hast nicht danach gefragt."
"Kannst du mir die Filme leihen?"
"Zwei Filme lässt du aber bei mir."
Die Zwei lachen.
"Du Ferkel", sagt Toni.
"Wenn Ema kommt, kontrolliert sie, ob die Filme noch da sind. Sie möchte vermeiden, dass Andere sie sehen."
"Ach so. Das kann ich zwar nicht verstehen. Ema ist doch wunderschön."
"Zu schön für diese Branche."
"Lief da etwas mit Minderjährigen?"
"Meines Wissens, nicht. Die Frauen waren alle aus dem Gastgewerbe. Kellnerinnen, Zimmermädchen, Rezeptionistinnen."
"Das komplette Spektrum?"
"Sogar zwei Köchinnen sind dabei."
"Was hat Ema so verdient damit?"
"Zu Viel nicht. Aber, es hat geholfen."
"Damit ist Ema ja die Mitbesitzerin deiner Wohnung."
"Das ist mal sicher. Ich schätze, sie hat den größten Teil bezahlt."
"Du solltest dich wieder mit ihr versöhnen."
"Das habe ich auch vor. Sie ist meine Frau."

"So schnell kann Unsereins erwachsen werden. Beachte mal Folgendes. Ema hat einen Lohn nach Hause geschickt und euch den Großteil der Wohnung bezahlt."

"So sehe ich das auch. Ich wusste aber nicht, wie Viel sie nach Hause geschickt hat. Langsam bekomme ich noch viel mehr Respekt für ihre Leistung."

"Ich muss noch zu Sibyla nach Lana."

"Sage Sibyla einen schönen Gruß von uns. Sibyla hat das organisiert."

Also hat Sibyla das Organisatorische getan. Toni notiert sich das. Er dachte zuerst, Danka und Lenka wären die Organisatoren. Die sind praktisch Werbekräfte von Sibyla. Das Futter reicht für den Besuch in Lana.

Kaum ist Toni im Garten von Sibyla, kommt sie schon gelaufen. Andreas ist schon wieder auf Arbeit. Trotzdem hat Sibyla, Herrenbesuch. Der stellt sich mit Klaus vor. Er klingt bayrisch.

"Das ist Klaus. Er ist Oberkellner bei Mario im Hotel Kurve."

Toni stellt sich vor und möchte auch gleich wissen, was er hier will.

"Er kommt regelmäßig zur Abrechnung."

"Das kann er doch überweisen."

"Überwiesen wird bei uns selten Etwas", antwortet Klaus.

Toni macht sich seine Gedanken dazu. Das interessiert ihn aber wenig. Marco hätte vielleicht mehr Interesse.
Klaus verschwindet und lässt die Zwei allein.
"Hast du natural abgerechnet?"
"Nein. Klaus hat mich nur überrascht beim Duschen."
"Ich bin hier wegen der Pornos. Ich habe die in meiner Tasche. Wollen wir uns die gemeinsam anschauen?"
"Die habe ich selbst alle. Wenn uns Andreas erwischt, gibt er dir Hiebe."
"Davor hätte ich keine Angst. Ich möchte nur wissen, wer die Frauen betreut hat."
"Ich. Du hast das sicher schon von Anderen erfahren."
"Arbeiten Danka und Lenka in deinem Auftrag?"
"Nicht nur die."
"Langsam wird es Zeit, mal Etwas auszupacken."
"Das glaube ich auch."
Sibyla erzählt Toni von der Struktur ihres Unternehmens. Sie erhält Prämien. Und die sind nicht zu verachten. Dazu organisiert sie Privatpartys in Hotels und Swingerclubs. Die Hotels sind damit schon mal ihre Puffs. Eigentlich freut das Sibyla. Sie muss keine Räume anmieten. Sie hat keinen Streit mit Behörden. Nur organisatorische Aufgaben.
"Dann bis du ja Zuhälterin."
"Zuhälter, bitte."

"So schnell wird auf das weibliche Privileg verzichtet."
Beide lachen.
"Ich habe den Kaffee fertig."
"Die Pornos dreht ihr in Deutschland?"
"Meist in den Hotels. Wenn du sie anschaust, wirst du einige Hotelzimmer wieder erkennen."
"Werden die Filme gut gekauft?
"Eigentlich war das mal als Werbematerial geplant. Die Kunden sollten so auf die Modelle aufmerksam gemacht werden."
"Wie organisiert ihr jetzt die Verteilung?"
"Die Gäste bekommen einen Rabattcode, den sie an der Rezeption vorweisen."
"An der Nummer seht ihr dann, wer - was - wen will?"
"Genau."
"Also müssen die Hoteliers davon wissen?"
"Nicht unbedingt. Die Rezeptionisten machen das."
"Dann hast du ja ein schönes Netzwerk aufgebaut."
"Ja und? Unsere Familien haben nach 1990 Alles verloren. Wir holen nur unser Eigentum zurück."
"Deine Mittel sind allemal recht überzeugend."
"Danke."
Sibyla zieht gleich ihr Nigliche etwas zurück. Sie hat fast so schöne Schenkel wie Monika. Toni rollt mit den Augen.
"Wie viele Frauen vermittelst du?"
"Etwa zwanzig."

"Kannst du mir die Namen geben. Ich brauche deren Aussagen."
"Nicht gerne; aber ich gebe sie dir."
"Kommen die Mädchen freiwillig zum Film oder braucht es etwas Druck?"
"Das wäre kriminell. Mode, Aussehen, Schmuck und Parfüm sind unsere stillen Partner. Unsere Frauen wollen schön aussehen. Sie werben um einen Mann im Westen."
"Das ist ja fast wie in der Filmbranche."
"Ja und? Stehen die Leute etwa vor den Gerichten?"
"Die Wenigsten."
"Nur, wenn die Frauen auspacken. Dann wird es lustig."
"Im Grunde kann man den Machern nichts vorwerfen. Die Frauen wollen es so."
"Genau."
"Wo sind die Frauen jetzt. Hier oder schon wieder zu Hause?"
"Einige sind hier. Ich gebe dir heute Abend ihre Adressen."
"Die Hoteliers wollen aber kein Aufsehen."
"Das kann ich gut verstehen."
"Wann kommt das Filmteam wieder zu uns?"
"Du hast eine Hälfte von ihnen eingesperrt. Die anderen arbeiten nur am Schnitt und an der Filmqualität."

"In Deutschland oder auch hier? Sind Einheimische dabei?"

"Die würde ich dir sicher nicht verraten. Es sein denn, die hätten mich beschissen. Das haben sie aber bis jetzt noch nicht."

"Danke, meine liebe Sibyla. Wir sehen uns."

"Du hast doch nicht etwa noch zehn Minuten Zeit?"

"Willst du mir eine Zigarette ausgeben?"

"Gerne."

Sibyla bemüht sich, eine Stellung einzunehmen, mit der sie ihre Oberschenkel Innenseite zeigen kann. Toni beißt fast den Filter ab. Wunderschön. Und rasiert. Wenn das Monika sehen könnte. Toni hätte sofort den Saumogn (Aschenbecher) im Nacken. Toni hält stand. Des guten Kaffees wegen. Auch die Zigarette ist nicht zu verachten. Eine Kubanische.

Er fragt sich, woher Sibyla die kubanischen Zigaretten bezieht.

Das wunderschöne Stelldichein hat ein Ende. Toni muss jetzt wieder zur Tageskost. Monika hat schon drei Mal angerufen. Toni hat es leicht an der Vibration in der Hose gespürt. Er geht bis zum Motorrad, um mit ihr zu sprechen. Sibyla scheint trotzdem zu zuhören. Sie steht nackt am Fenster und winkt.

"Wir reden oben bei dir. Es gibt reichlich Neuigkeiten."

"Bei mir auch. Du sollst Marco anrufen."

Toni ruft Marco an.

"Henrich ist in Bozen bei uns. Wir haben ihn fest gesetzt und vernehmen ihn."
"Sind seine Eltern auch da?"
"Nein. Aber Kamila, seine Schwester. Die sitzt auch bei uns."
"Gibt es sonst noch Neuigkeiten?"
"Die habe ich alle zu Monika geschickt. Dafür brauchst du etwas Zeit. Es sind auch Erkenntnisse von Alois dabei. Du wirst staunen."
Die Nachricht bedeutet, Marco hat eine Spur. Er möchte Toni auf diese Spur setzen. Toni ermittelt aber gern in der Breite. Seine anderen Spuren sind keineswegs bedeutungslos.
Bei Monika angekommen, bestätigt sich Tonis Strategie. Alois hat die Inhaber der Spermaproben sicher heraus bekommen.
Toni übergibt Monika die Pornovideos. Der Großteil sind die Produktionsvideos. Auf denen sind reichlich Helfer und fast alle Mitarbeiter zu sehen. Während er duscht, hört er Monika mehrmals stöhnen.
"Hast du Schmerzen?", ruft er aus der Duschecke.
"Jaah."
"Soll ich den Arzt rufen?"
"Der ist schon hier."
Toni erschreckt und rennt schnell ins Zimmer. Nackt und nass. Er hört ein hell summendes Geräusch.
"Du Ferkel", ruft er zu Monika.

"Du kannst dir Zeit lassen beim Duschen. Der Doktor hat schon mehrmals geholfen."
"Dann kann ich heute wenigstens in Ruhe essen."
"Lass dir viel Zeit und guten Appetit."
Monika hat Toni eine Riesenforelle gefüllt und gegrillt. Eigentlich ist das jetzt eine ungünstige Jahreszeit für den Verzehr von Süßwasserfischen. In Monaten mit R schmeckt der Fisch am besten. Toni riecht kurz.
"Gut gewürzt", ruft er Monika zu.
"Jha", antwortet sie.
"Iss endlich."
"Hast du schon Etwas gefunden?"
"Iiisch suuche nhooch."
Toni kommt mit dem Fisch aus seiner Duschecke. Monika lächelt matt Toni an.
"Nimm dir Zeit beim Essen."
"Ich sehe. Die Doktoren haben geholfen. Drei Freunde auf einmal."
"Heute kannst du ruhig schlafen."
"Danke, ihr Doktoren."
Am Morgen wirkt Monika frisch wie ein Neugeborenes. Sie ist wie aufgezogen.
Monika zählt die Namen der Spermaspender auf. Toni lacht.
"Der Eintänzer und auch der Fischer sind dabei."
Ein Name macht Toni nachdenklich. Markus.
"Der Markus von der Schleuse hat sie auch gebumst."

"Mich wundert das nicht."
"Weißt du mehr?"
"Wahrscheinlich wollte er Ema heiraten. Die Familie redet darüber."
"Ema? Gut. Aber er kann doch sicher Ema von Iva unterscheiden."
"Das denke ich auch."
"Hat Markus Freunde bei den anderen Gastronomen?"
"Ich höre nichts davon bei den Vernehmungen."
"Ich schätze, dort ist ein Ansatzpunkt."
"Du wirst wohl zuerst Markus etwas genauer befragen müssen."
"Kannst du das?"
"Ich habe noch etwas zu tun. Vielleicht sind noch ein paar Anhaltspunkte in den Videos zu finden."
"Ich sehe schon. Die Doktoren sind alle angesteckt."
"Du wolltest doch schon immer mal etwas Urlaub."
"Sind die Doktoren dir nicht etwa zu klein?"
"Das ist ja gerade das Schöne. Der große Doktor hat jetzt Urlaub."
Beide lachen.
"Wie lange hat der Doktor denn Urlaub?"
"Bis der Strom ausgeht."
Monika lacht.
"Die behandeln mich genau nach meinen Wünschen."
Toni bereut jetzt etwas seinen Umgang mit Sibyla.

"Sibyla hat mir gestern ihr Nest gezeigt."
"Und. Hast du Eier gesucht?"
Die Frau ist einfach nicht eifersüchtig zu bekommen. Die Doktoren scheinen Monika gut zu behandeln. Sie wirkt jetzt viel gelassener.
"Gibt es sonst noch Neuigkeiten?"
"Ja. Bei den Spermaspuren sind immer noch zwei Unbekannte."
"Iva ist wohl vom ganzen Ort besprungen worden?"
"Das scheint so."
"Die Familie von Ema und Iva war auch in Südtirol."
"Die ganze Familie?"
"Nein. Nur die Männer."
"Mein Gott. Das riecht nach viel Arbeit."
"Lass dir Zeit. Ich bin gut versorgt."
"Ich muss die Videos wieder zu Felix bringen."
"Ich habe sie schon kopiert."
"Die sind mit Kopierschutz. Das ist kriminell."
"Für den privaten Gebrauch, nicht."
"Dein Wort in Gottes Ohr."
"Wir sind Ermittler."
Toni nimmt die Filme auf den Dongles mit. Er fährt zuerst zu Felix. Den hat er schon angerufen. Er wartet. Kaum offenbart er Felix seine Feststellungen und Monikas Funde, fängt Felix an zu lachen.
"Was hast du gedacht?"
"Ich dachte, ihr habt eventuell die Mädchen

gezwungen."
"Das ist völlig irre. Die Frauen kamen zu uns mit der Idee. Sibyla hat das nur umgesetzt."
"Alles klar. Ich gehe jetzt auch nicht unbedingt davon aus, ihr hättet eine der Frauen vergewaltigt."
"Das wäre erstens nicht notwendig. Und, zweitens, nicht in unserem Interesse."
"Entschuldige bitte, Felix."
"Angenommen. Haben dir die Filme gefallen?"
"Monika schaut diese Filme. Sie sucht die Frauen. Auch das Team."
"Die Namen kann ich dir samt Adresse ausdrucken."
"Ich möchte die Frauen nur befragen. Ich brauche Anhaltspunkte. Ihr seid in meinen Augen, unschuldig."
"Wir helfen dir gern."
"Das habe ich bei Sibyla gemerkt?"
"Hat sie dir Fleisch gezeigt?"
"Die ist ja heißer als Grillglut."
"Wir alle möchten, dass du den Täter findest."
"Monika hat Kopien genommen von deinen Videos."
"Hilft es?"
"Ich werde überflüssig."
"Das ist sicher nur vorübergehend."
"Mir hält das aber den Rücken frei."
"Hier hast du die Adressen der Frauen. Sie wohnen alle, bis auf zwei, in den Hotels."

"Ich gehe davon aus, die Hotels in unserer Nähe kommen in Frage. Zumindest vorerst."
"Ich auch."
"Mario war aber Gast in allen Hotels?"
"Er überbringt auch die Gage."
"Also, überbringen mehrere Personen die Gage an die Frauen?"
"Das ganze Team. Wegen der Bargeldgrenzen."
"Gut organisiert."
"Sibyla hat das so eingerichtet."
"Sibyla wird mir immer sympathischer."
"Ja. Sie passt zu Südtirol."
"Mich freut, den Verdacht bei Seite legen zu können."
"Uns freut das ganz besonders."
"Für mich steht die Aufgabe, wer jetzt in Frage kommt."
"Hast du die Freier schon überprüft?"
"Ich bin dabei. Alois hat die Spermaproben ausgewertet."
"Na das ist der absolute Clou. Ist das so leicht möglich?"
"Naja. Die Pandemie hat ihm geholfen."
"Ich muss jetzt lachen. Das, was wir früher nicht wussten, wissen wir jetzt."
"Ich weiß nicht, ob das unbedingt ein Vorteil ist."
"Das ist sicher keiner. Unwissen schafft auch Frieden."
"Ich glaube auch, es wird ziemlich unruhig werden bei

uns."
"Gibt es vielleicht Verdächtige in dieser Richtung?"
"Naja. Iva wurde mit sehr viel Kraft erwürgt. Frauen sind da wohl fast ausgeschlossen."
"Doch nicht etwa unsere Frauen?"
"Ich verstehe. Du meinst, sie haben die Kraft."
"Da bin ich mir sicher."
"Du machst es mir nicht leichter."
Beide lachen.
"Ich muss los."
"Viel Glück. Schau auch mal bei den Familien nach."
Toni kann sich Felix als guten Spitzel vorstellen. Der hat die nötigen Verbindungen. Marco kann er das nicht erzählen. Der würde versuchen, Felix sofort ein zu spannen.
Jedenfalls ist der Tipp von Felix eine neue Spur. Mit der Liste in der Hand, besucht Toni jetzt die Frauen in den Hotels. Eine neue Runde steht ihm bevor.
Zunächst möchte Toni die Familien befragen. Zumindest jene Mitglieder, die bei uns in Südtirol waren. Die Familien und ihre Beziehung untereinander, könnten ein Motiv sein. Marco hat das bereits angedeutet.
Die Familien sitzen nicht mehr im Haft. Sie müssen sich lediglich täglich melden. Deren Anwälte haben das durch gesetzt. Sie befinden sich alle in Bozen im gleichen Hotel. Hotel Aria. Toni freut sich darüber.

Vielleicht verstehen sie sich danach etwas besser. Angekommen im Hotel, bekommt Toni die Zimmer der Familien gesagt. In unmittelbarer Nähe des Hotels befindet sich der Dom. Die Rezeptionistin ruft Toni hinterher, die Frauen wären gemeinsam zum Dom gegangen. Der Rest der Familien ist in ihren Zimmern zu finden.

Toni entschließt sich, den Frauen zu folgen. Er vermutet, von ihnen mehr zu erfahren als von den Männern.

Am Dom angekommen, trifft er die Frauen. Offensichtlich vertragen sich die Frauen der verfeindeten Familien gut. Toni bittet sie, mit zu kommen. Im Hotel gehen sie in das Stübele.

Ilona und Kamila von der Familie, die von Emas Familie des Diebstahls beschuldigt werden, sprechen sehr gut Deutsch. Sie haben in Deutschland gearbeitet. Auch in Südtirol und Österreich. Sie übersetzen. Jozefa, die Mama Ivas, kann nicht besonders gut Deutsch.

Bei dem Gespräch kommt heraus, die Mütter wussten sehr wohl von dem Tun ihrer Töchter. Sie kannten auch den Ursprung des Geldes, das monatlich eintraf. Kamila wäre beinahe selbst in das Filmgeschehen eingestiegen. Henrich hat das vermittelt. Kamila ist etwas muskulöser in ihrer Erscheinung. Eher maskulin. Mario und Evelina haben ihr gute Angebote

unterbreitet. Emil, der Papa, hatte ihr das verboten. Es gab reichlich Streit deswegen.
Toni glaubt jetzt nach den Schilderungen, deswegen seien die Familien zerstritten. Der Verdacht liegt nahe. Emil gibt Ema und Iva die Schuld an diesen Filmen und Fotos. Es gab deshalb Streit in ihrer Familie mit Kamila. Wie Toni heraus hörte, hätte sogar Henrich Interesse gezeigt. Also gab es doch Verbindungen zwischen den Familien. Zumindest bei den jungen Familienmitgliedern. Jozefa gibt zu, das auch bei Radim bemerkt zu haben. Ilona hat sogar Fotos von Iva und Ema. Jozefa sagt, sie hätte zu Hause diverse Filme von Iva liegen. Damit ist Toni jetzt bekannt, die Eltern wussten vom Treiben ihrer Kinder. Die Väter würden für Toni jetzt in den Kreis der Verdächtigen rücken. Er könnte sie jetzt befragen. Das schiebt er Marco zu. Marco soll die Väter zuerst befragen. Danach könnte man die Aussagen untereinander vergleichen.
Marco befragt inzwischen die Männer der Familien. Toni hat sich derweil entschlossen, Monika anzurufen. Monika sagt ihm am Telefon die Namen der Frauen, die aktuell in Südtirol sind. Toni vergleicht das mit der Liste von Felix. Jetzt kann er die Frauen besuchen und ausfragen.
Toni besucht die Frauen in ihren Hotels. Er muss nach Naturns, Partschins, Rabland und Meran. Selbst in

Plaus ist eine Frau der Liste zu finden.
Er fängt in Meran an. Das Hotel ist im Musikerviertel. Toni nennt das so, weil alle Straßen dieses Viertels, mit Namen bekannter Musiker benannt sind.
An der Rezeption wird Toni unfreundlich empfangen. Von der Chefin selbst. Er fragt nach dem Namen des Zimmermädchens. Die Chefin will sich einfach nicht an den Namen erinnern. Toni überlegt, wie er sein erstes Ziel reibungslos erledigen kann. Er ruft Marco an. Sobald Marco am Telefon ist, sagt er ihm, die Chefin würde sich weigern, Auskunft zu erteilen.
"Geb mir mal die Furie", sagt Marco ins Telefon. Er kennt sie. Viele Saisonkräfte haben sich bei den Kollegen in Meran über diese Dame beschwert.
Toni drückt ihr das Telefon in die Hand. Mit einem Mal wird die Furie scheißfreundlich. Toni glaubt, der zu dick aufgetragene Lippenstift verschmiert ihre Ohren. So feixt sie ins Telefon. Marco kann das nicht sehen. Sicher ahnt er, was die Gestalt am Telefon abzieht. Nach dem Gespräch ruft sie ihre Gouvernante. Die scheint ihr zu sagen, wo sich das Zimmermädchen aufhält. In der Wäscherei. Toni hat es fast geahnt.
"Sie soll bitte mal zu mir kommen. Wir benötigen einen ruhigen Raum."
Die Chefin ruft in die Wäscherei. Das Zimmermädchen kommt. Die Chefin geht vor und öffnet ruppig die Tür zu einem Stübchen. An der Wand aus Zirbenholz

hängt eine ganze Garnitur Geweihe in allen Größen.
"Haben sie die geschossen?", fragt Toni die Chefin.
Die Chefin scheint zu ahnen, worauf Toni hinaus will.
Marco hatte es bereits angedeutet am Telefon. Die
Chefin geht sehr oft ganztags einkaufen, ohne Etwas
mit zu bringen. Etwas schon, denkt sich Toni. Gefüllte
Unterwäsche. Das hat zumindest Marco angedeutet,
als er sagte, die Dame sei ziemlich läufig.
Toni schließt die Tür hinter sich. Es dauert keine zehn
Sekunden und die Chefin öffnet die Tür.
"Soll es ein Kaffee sein?"
Wie scheint, hat Marco ihr am Telefon gesagt, was
Toni benötigt. Mit einem Mal bemerkt Toni die typisch
aufgesetzte falsche Freundlichkeit.
"Trauen Sie ihr nicht", sagt Lena, das
Zimmermädchen. Sie stellt sich gleich mit vor.
"Arbeiten sie hier schon lange?"
"Nur stundenweise. Ich arbeite auch in anderen
Hotels."
"In welchen?"
Lena zählt alle Hotels auf, die Toni auf seiner Liste hat.
Alle Namen auf Tonis Liste werden von Lena erwähnt.
"Lena. Gehörst du zu den Frauen, die auch Pornos
gedreht haben?"
"Ich habe nur freizügige Fotos gemacht."
"Also, Modell."
"Genau."

"Und wie sieht es mit dem Zimmerservice aus?"
"Auch."
Lena antwortet sehr kurz. Toni merkt das.
"Bringt das Etwas?"
"Ja. Sex."
"Und wie sieht es mit Geld aus?"
"Muss ich das beantworten?"
"Das erfährt außer mir, Keiner."
"Zwischen Hundert und Dreihundert."
"Hat das Jemand vermittelt?"
"Sibyla."
"Danke."
"Kann ich noch etwas sitzen bleiben?"
"Ja. Wir können auch noch Etwas ausreden."
"Gerne."
"Wo habt ihr die Fotos geschossen?"
"Auf dem Zimmer hier im Hotel."
"Waren die Gäste auch Einer von Denen?"
Toni zählt die gesamten Namen der Einreiter auf.
"Ja. Alle."
"Gefilmt wurdest du aber nicht?"
"Naja. Etwas Selbstbefriedigung mit Gestöhne."
"Was hast du zu Hause gelernt?"
"Lehrer."
"Hier verdienst du mehr?"
"Sicher. Ich arbeite für meine Familie."
Die Zeit ist um. Tonis Kaffee ist alle. Lena hatte nichts

zu Trinken bekommen. Sie hat aber in ihrer Schürze ein kleines Fläschchen mit Wasser. Daran nuckelt sie zwischendurch. Die Luft in diesem Raum ist ziemlich trocken.
Die Zwei verabschieden sich.
"Wenn ich noch Fragen habe, komme ich noch mal vorbei."
"Ja bitte. Kennst du zufällig einen anderen Arbeitsplatz?"
"Ich rede mal mit meiner Frau. Die kennt sehr viele Hoteliers."
"Danke."
Von Lena hat Toni nichts Wesentliches erfahren. Er entschließt sich, bei Markus in der Töll vorbei zu fahren. Toni wird dort einen Kaffee trinken. Vielleicht gibt es auch ein Speckbrot. Langsam bekommt er Hunger.
Kaum ist er bei Markus in der Schleuse, wird er nicht von Markus, sondern von seinem Vater begrüßt. Christoph wirkt anfangs etwas zornig. Er bringt einen Kaffee und ein Bier.
"Den Kaffee nehme ich", sagt Toni.
"Das Bier ist für mich."
Kaum hat Christoph einen Schluck getrunken, wirkt er etwas freundlicher.
"Eigentlich wollte ich Markus treffen und ihn noch ein paar Fragen stellen."

"Welche Fragen? Vielleicht kann ich die beantworten?"
"Ich wollte ihn gern über Iva ausfragen."
"Bei Iva hat sich der Markus leicht verrannt. Er dachte, das wäre eine Frau für ihn und unser Restaurant."
"Das war wohl ein Fehlurteil?"
"Iva hat Bilder gemacht. Unsere Gäste haben die gesehen."
"Naja. Für die Popularität wäre das kein Nachteil."
"Das stimmt schon irgendwie. Aber seine Freunde haben ihn deswegen gehänselt."
"Seine Freunde haben das wohl auch gesehen?"
"Das hat schnell die Runde gemacht."
"Wer sind denn seine Freunde?"
"Naja. Die ganzen Söhne und Töchter unserer Kollegen hier in der Nähe."
"Ist das eine Gruppe?"
"Eigentlich nicht. Wegen unserem Beruf, haben die selten zusammen frei."
"Besuchen sie sich denn bei euch in den Restaurants und Hotels?"
"Ziemlich regelmäßig. Ja."
Toni muss eigentlich nicht länger fragen. Er will aber wissen, wie denn der Papa zu den Putzfrauen und Zimmermädchen steht.
"Ich hatte deswegen ziemlich viel Ärger mit Helene."
"Warum?"
"Die Frauen haben mich regelmäßig angemacht. Und

ein zwei Mal konnte ich nicht widerstehen."
"Also schimpft deine Frau mit dir wegen Frauen, die bei euch putzen?"
"Genau."
"Und wie sieht das mit Markus aus?"
"Bei Markus haben sie das Gleiche getan."
"Alle?"
"Ich will jetzt nicht neidisch wirken. Ja."
"Wie viele Frauen waren denn bei euch?"
"Ich schätze, das ganze Kommando."
Beide müssen lachen.
"Eine schöner als die Andere", setzt Christoph nach.
Ihm scheint der Mund wässrig zu werden. Das Bier ist alle. Er holt sich ein neues.
"Willst du meinen Hausbrand probieren?"
"Aber nur einen Tropfen."
Christoph gibt ihm tatsächlich eine kleine Kostprobe. Toni nippelt an dem Glas.
"Vorzüglich. Zwei mal gebrannt?"
"Ja."
"Der wirkt so weich. Was für Obst nimmst du?"
"Das Weiche kommt nicht unbedingt von unseren Marillen. Der rastet bei mir lange genug."
"Was für Fässer nimmst du? Der sieht recht dunkel aus."
"Die Fässer sind noch vom Papa. Ich weiß nicht, welches Holz das ist."

"Das Gesöff ist gut."
"Danke."
"Ich muss weiter. Wenn ich Fragen habe, komm ich vorbei."
Kaum verlässt Toni das Restaurant, sieht er gegenüber seine Kollegen stehen. Verkehrskontrolle. Toni geht zu ihnen.
"Hauch mich mal an", sagt sein Kollege aus Rabland und lacht dabei. Toni dreht den Mund so, als würde er sich seitwärts die Haare aus dem Gesicht blasen.
"Stock besoffen", sagt sein Kollege und lacht.
"Das war nicht mehr als ein Teelöffel voll."
"So große Teelöffel gibt es jetzt?"
"Halte mir mal deinen elektrischen Apparat vor' s Maul."
Im Nu zieht sein Kollege das Ding aus der Tasche. Toni spricht rein.
"Du hast Recht. Da ist nix. Du kannst fahren."
"Hier. Pass auf. Hier kommt Einer geeiert."
Der Kollege springt auf die Straße und winkt den Fahrer auf den Parkplatz.
Toni verdrückt sich sofort. Das muss er nicht mit erleben.
Zuerst fährt Toni nach Plaus. Der Betrieb ist ihm genannt worden von den Frauen. Die Betriebe im Ort besucht er zu Letzt. Hier kann er sich besser für die letzte Bahn auf den Aschbach vorbereiten.

Toni muss nicht lange suchen nach dem Hotel Apfelblatt. Die Chefin, Sabrina steht an der Rezeption. Nicht allein. Bei ihrer Rezeptionistin. Die Rezeptionistin kommt nicht zu Wort. Sabrina fragt Toni gleich, was er wünscht.
Toni erklärt sein Anliegen. Sabrina wird umgend etwas verschlossener. Nach etwas Druck, geht Sabrina in die Wäscherei und holt die tutto fare (Mädchen für Alles). Toni hört ein paar Brocken ihres Gespräches. Die Frau wird gerade vergattert, ja Nichts vom Betrieb Preis zu geben.
Im Foyer leuchtet Sabrina mit einem roten Kopf. Es scheint ziemlich anstrengend zu sein, die Leute unter Kontrolle zu halten. Toni lacht innerlich darüber.
"Habt ihr hier ein ruhiges Zimmer?"
Sabrina zeigt Toni die Ecke, in der das Personal für gewöhnlich isst.
"Ich brauche es etwas ruhiger", sagt Toni.
Sabrinas Gesicht verfinstert sich.
"Ich habe kein Zimmer frei."
"Dann bitte ich sie Beide, zu Marco nach Bozen zu fahren. Sie werden dort vernommen."
Das scheint zu wirken. Plötzlich findet Sabrina ein Zimmer. Die Bar. Die Bar wirkt ziemlich unbenutzt. Toni schließt die Tür hinter sich. Beide nehmen Platz. Eigentlich könnte Toni sich gleich etwas zu Trinken nehmen. Die Bar scheint als Getränkelager genutzt zu

werden.
Mit dem Gedanke, öffnet sich die Tür und Sabrina fragt, ob sie etwas zu Trinken bringen kann. Sie wirkt jetzt auffällig freundlich.
Toni fragt jetzt Gita, seine Gesprächspartnerin, was sie trinken möchte.
"Tee."
"Zwei Tee, bitte", sagt Toni zu Sabrina.
"Schwarz?"
"Ja."
Toni schaut Gita an.
"Mit Zitrone, bitte."
Gita wirkt irgendwie erleichtert.
"Bist du hier fest angestellt?"
"Nein. Ich helfe aus."
"Gehörst du zu Sibyla oder zu Henrich?"
"Sibyla vermittelt mich."
Es kommen die gleichen Fragen mit Fotos und Filmen. Gita sagt zu Allem, ja.
Dem Aussehen nach, glaubt Toni das. Gita ist wirklich schön, eher ziemlich schlank, um nicht dürr zu sagen. Das scheint an der vielen Arbeit zu liegen. Gita deutet das an. Unter zwölf Stunden gibt es keinen Arbeitstag. Auf die Frage nach dem Zimmerservice, wird sie etwas gesprächiger. Sie wird eben viel an ältere Gäste vermittelt. Und das würde ihr nicht besonders gefallen.

"Die zahlen zu wenig", hat sie gesagt.
Toni ist überrascht. Er wäre eher vom Gegenteil ausgegangen. Auf die Frage, ob sie mit ihren Kolleginnen viel ausgeht, antwortet sie,
"nach meinen Arbeitstagen ist da nicht Viel möglich."
Trotzdem kennt sie die Kolleginnen.
"Du verdienst also bei Tanzveranstaltungen nicht Viel dazu?"
"Der Zimmerservice und die Videos reichen mir."
Gita hat den Vorteil ihrer Familie erwähnt. Die verdienen selbst genug. Sie muss nicht für die Familie sorgen.
"Suchst du hier auch einen Lebenspartner?"
"Nicht zwingend", hat sie geantwortet.
Toni wird neugierig. Sie scheint eine relativ unabhängige Frau zu sein. Hier kann er etwas direkter ansetzen, denkt er. Er überlegt noch, ob er eine mitleidige Tour angeht oder ob er versucht, sie neidisch auf ihre Kolleginnen zu machen. Gita scheint seine Überlegung zu lesen.
"Ich war in Österreich, der Schweiz, in Deutschland und hier. Ich wollte die Länder eigentlich nur kennen lernen."
"Und jetzt, kennst du sie?"
"Fast zu gut."
"Dich hält also Nichts hier?"
"Nein. Nach dieser Saison, ist meine Reiselust auch

befriedigt."
Das hört Toni zu gern.
Auf die Frage nach Ema und Iva, wird Gita etwas nachdenklicher. Sie haben oft zusammen gearbeitet. Auch zusammen gefilmt. Toni kann sich an Gita in den Filmen erinnern. Die Frau scheint nicht zu lügen. Jetzt wird er etwas deutlicher. Er spricht die Familie von Henrich an.
"Das ist eine eigene Gruppe. Mit denen arbeiten wir aber auch oft zusammen. Sie sind etwas teurer als wir."
"Gehen die Familienmitglieder der einen Familie, mit Mitgliedern der anderen zusammen aus?"
"Ja. Henrich war mit Iva befreundet. Auch mit Ema."
"War Henrich der Hahn im Korb?"
"Die anderen Frauen sind auch oft zu Henrich gegangen. Er ist eben der einzige Mann."
"Der hat es gut", stöhnt Toni.
Gita muss laut lachen.
"Neidisch? So gut ist das Henrich nicht bekommen."
"Warum?"
"Wir waren manchmal etwas zickig untereinander. Und das haben wir an Henrich ausgelassen."
"Also du hast auch mit Henrich...?"
"In der Not? Was soll ich tun?"
"Aber Sex habt ihr doch genug gehabt?"
"Ohne Liebe? Das ist Arbeit. Henrich ist unser Altar.

Wir beichten bei ihm. Und er berät uns."
"Sammelt Henrich auch das Geld ein?"
"Nein."
"Das machen nur die Deutschen?"
"Und Sibyla. Manchmal auch Danka."
"Ihr notiert euch aber, was ihr eingenommen habt?"
"Natürlich. Wir sagen das auch unseren Kolleginnen. Wir rechnen Alles zusammen und teilen es dann auf."
"Ihr seid damit eine Genossenschaft."
Jetzt lachen die Zwei zusammen.
"Besser kann man es nicht beschreiben."
"Naja. Genossenschaften verdienen bei uns hier eine besondere Unterstützung. Wie sieht das mit den Familienmitgliedern der Hoteliers aus?"
"Das wären eigentlich jene, um die unsere Frauen balzen."
"Und? Gibt es da Erfolge?"
"Bei dem einen und anderen Mädchen schon. Aber meist nicht fest und nachhaltig."
"Geht es nur um die Chefs oder auch andere Familienmitglieder?"
"Am meisten werden die Söhne umworben."
"Am meisten?"
"Ja. Mitunter auch die Töchter."
"So vielfältig kann die Welt sein."
"Was gut ist, kann nicht verboten sein."
"Gibt es Eifersüchte?"

"Reichlich."
"Auch Streit deswegen?"
"Nicht unter uns Frauen."
"Ihr freut euch, wenn die Kollegin Erfolg hat."
"Genau. Wir haben alle Etwas davon."
Das Gespräch dauert noch lange. Es geht noch um Einzelheiten der Gastgeberfamilien. Auch um die eigenen Familien und deren Konkurrenz untereinander. Die interne Konkurrenz scheint die Taktik zu verbessern, mit der die Frauen vor gehen. Man spricht sich ab. Die Eine zeigt Das. Die Andere eben Dieses. Die Eine putzt eben die Wohnung der Familie mit. Die Andere wäscht die Kleidung. Alle werden irgendwie gebraucht. Jede kann eine Tätigkeit besonders gut. Die Frauen wollen damit eine Art - Abhängigkeit erzeugen. Fast wie Ehefrauen.
"Was kannst du besonders gut?"
"Ich kann am besten Büros putzen."
"Ah ja. Dann kennst du dich ja aus in den Firmen."
"Ganz sicher."
"Aber die Lohnzettel füllst du noch nicht aus."
"Leider nicht."
"Arbeitest du auch als Bürokraft?"
"Das habe ich gelernt. Hier gibt es dafür keine Stellen. Ehrlich gesagt, ist mir die Arbeit als Zimmermädchen auch lieber."
"Das glaube ich gern."

Eigentlich hat Toni genug erfahren. Die Zwei trinken noch einen Kaffee zusammen. Inzwischen hat Gita auch Feierabend. Sabrina hat ihr schon das Geld gebracht.
"Ich arbeite als Tagelöhner."
"Schläfst du im Haus?"
"Ja. Ich habe heute aber noch zu tun."
Toni bemerkt das sogar. Bei Sabrina sitzen zwei andere Frauen. Toni scheint auch Sibyla gesehen zu haben. Er schaut schnell auf den Parkplatz vor dem Haus. Tatsächlich. Sibyla sitzt im Auto und telefoniert gerade.
"Uns ist ein Stecher ausgefallen. Willst du das heute übernehmen?"
"Ich? Ich bin verheiratet."
"Das sind wir alle."
Toni bemerkt gerade, die Ausrede zieht nicht mehr.
"Dreh' doch ein paar Lesbenfilme."
"Gute Idee. Danke."
Toni schaut auf die Uhr. Er könnte noch ein anderes Hotel besuchen. Aber Monika wird warten. Er geht nach Hause. Mit Monika sind auch die neuen Erkenntnisse zu besprechen. Und das sind für heute - genug.
Nachrichten von Marco sind bei Toni nicht eingetroffen. Vielleicht bei Monika.
In der Laterne bei Doris sind viele Gäste. Herbert der

Eintänzer als auch Luis, der Fischzüchter sind da. Toni hat etwa noch eine Stunde bis zur letzten Seilbahn. Er geht zu den Zweien. Doris sieht Toni kommen und zeigt auf ihr Vereinszimmer. Das ist frei. Doris redet auch gleich Herbert und Luis an. Die Zwei gehen gleich mit Toni zusammen ins Hinterzimmer. Doris bringt Toni einen großen Kaffee. Sie lacht dabei. Wahrscheinlich weiß Doris, was den Zweien jetzt blüht. Toni wird die gewaltig vorführen.
Kaum ist Doris raus aus dem Zimmer, fängt Toni an, die Zwei unter Druck zu setzen.
"Ich habe eure Spermaproben in der toten Iva gefunden."
Luis schaut nach Unten auf den Fußboden. Herbert trägt das mit einem Lächeln. Er kann sich wahrscheinlich gut erinnern.
"Deine sind nicht dabei?", fragt er Toni.
Luis und Herbert lachen sich an.
"Er darf nicht", sagt Luis und lacht noch lauter.
"Soll ich es deiner Frau erzählen?", fragt Toni zurück.
"Mach das ja nicht. Die erschlägt ihn", spottet Herbert.
"Ich war zum Tanzabend mit ihr etwas spazieren", sagt Luis.
"Sie hat mich gefragt, wann ich das letzte Mal gefickt habe."
"Und?", fragt Herbert.
"Dann haben wir schnell Einen verpackt. Und du?"

Herbert lacht wieder.
"Ich war nach dir dran mit dem Spaziergang."
"Dass du dazu Zeit gefunden hast, wundert mich."
"Drei Minuten hat Jeder Zeit für den Angalotti." (eingelegter Aal)
"Hast wohl Dürre zu Hause?"
"Da ist gerade Nichts mit auhuckn (Aufsitzen) bei der Bisskua." (grantisches Weibsbild)
"Mich interessiert eigentlich, ob ihr noch andere Leute getroffen habt", unterbricht Toni die Zwei.
"Beim Ausigrosn (Fremdgehen) interessiert mich nur die Beinfreiheit", sagt Luis.
Die Drei lachen darüber.
"Wie ist denn die bei deiner Moni?"
Die Zwei lächeln sich an und kontrollieren den Antwortblick von Toni. Toni schaut auf die Uhr. Zehn Minuten sind es noch.
"Ich muss schon hinauf. Danke für eure Auskünfte."
Toni merkt, bei den Zweien ist schlecht Etwas zu holen. Die haben einfach zugeschlagen bei einer Gelegenheit. Mehr nicht.
"Habt ihr noch andere slowakische Frauen bemerkt als die Drei oder Vier?"
Das wird wahrscheinlich die wichtigste Frage des Abends.
"Die waren Zehn. Eine schöner als die Andere."
"Danke, ihr Zwei. Wenn ich noch Fragen habe, treffe

ich euch sicher hier."
"Das ist mal sicher."
Toni geht es davon aus, die Zwei waren sicher gut angetrunken und haben schon doppelt gesehen. Wobei er schon auch mit einem Großauftritt der Genossenschaft gerechnet hat.
Er erinnert sich gerade an seinen Fall im Schnalstal. Der Leblose im Stausee vom Schnalstal war in einen ähnlichen Konflikt geraten. Er erinnert sich an die falsche Spur, die er damals verfolgte. So scheint sich das hier auch darzustellen. Es gibt zu viele Verdächtige.
Monika hat Toni von allen involvierten Personen ein Foto ausgedruckt. Jetzt kann Toni die jeweiligen Zeugen mit den Fotos befragen. Er sieht darin einen Vorteil. Monika und Toni sind der festen Überzeugung, mit den Fotos eine feste Spur zu finden. Toni bedankt sich bei Monika für die Arbeit.
"Ich habe das Wasser schon angesteckt", sagt Moni. Toni ahnt, was das bedeutet. Bei dem Kino von heute, wird ihm die Kür recht viel Spaß bereiten.
Am Morgen berichtet Monika von den neuen Erkenntnissen. Marco hat recht viel geschickt. Vernehmungsprotokolle. Er hat wichtige Passagen markiert.
Daraus geht hervor, die Mädchen haben tatsächlich koordiniert gehandelt. Sibyla und Darka haben das

gesteuert. Marco berichtet auch, sie haben die anderen Familien der Zimmermädchen eingeladen. Ein paar sind schon eingetroffen. Als Vorwand hat Marco die Trauerfeier genannt. Die Familien sind eingeladen, zusammen mit den Carabinieri den Fundort am Weiher zu besuchen. Man möchte die Trauerfeier genau dort abhalten.

An der Tür von Tonis Hütte klopft es. Das Frühstück hängt an der Türklinke. Toni versucht ganz schnell, heraus zu bekommen, wer das dahin gehängt hat. Zum erstem Mal sieht er es. Es ist Herbert, der Eintänzer. Er holt die Milch der Bauern ab für die Algunder Molkerei. Dort ist er Fahrer. Im Beutel befindet sich sowohl frische Sahne, Butter und Milch, auch etwas Käse aus Algund. Die Vinschgerlen sind wie immer frisch. Auch das Weißbrot. Zwei Kaminwurzen stecken mit drinnen. Namenlos. Toni schätzt, die sind von einem Bauern in Heimarbeit gemacht worden.

Toni wundert sich. Herbert ist mit dem Molkereiauto auf dem Aschbach. Normal schicken die Bauern die Milch mit der Seilbahn nach Unten. Wahrscheinlich braucht einer Ersatzteile für die Melkanlage. Die werden von der Molkerei mit betreut. Herbert winkt und zeigt auf den Beutel. Er hat einen Zettel mit rein gelegt.

Toni bringt Alles zu Monika. Den Zettel findet sie

zuerst.
Der Zettel ist von Herbert. Er kommt heute Abend zu Toni auf die Hütte.
"Eine Selbsteinladung", sagt Monika. "Was koche ich ihm?"
"Wir werden ihm etwas Fleisch grillen. Gegrillten Käse hat er sicher genug gegessen."
"Das mit dem Käse, ist kein schlechter Einfall."
"Du kannst uns mal etwas Fleisch holen bei dir zu Hause. Sag Lukas und Frieda einen schönen Gruß."
"Du musst doch heute nicht raus. Wir fahren zusammen."
"Ein sehr guter Einfall."
Sie fahren gleich los. Mit ihrem chinesischen Elektroquad. Monika hat es fein geputzt. Es glänzt. Kaum sind sie bei Lukas und Frieda, kommen den Zweien die Haustiere der Familie entgegen. Der Esel Karol wiehert laut. Lukas hat frisches Schweinefleisch da. Er hat zwei kleinere Schweine geschlachtet. Die Keulen hängen schon zum Trocknen aus.
"Das gibt vier sehr schöne Schinken", sagt er.
"Ist auch ein halber Schinken für mich dabei?"
"Nur für dich, meine Liebe."
"Eigentlich ist doch gar keine Schlachtzeit", sagt Toni.
"Die Zwei haben sich verletzt. Wir mussten sie schlachten."
"Hast du die Leber noch?"

"Nein. Die ist schon zu Wurst verarbeitet."
"Schade."
"Hier. Du kannst zwei Würste mitnehmen."
"Das sind doch Gläser."
"Ich war zu faul, die Därme zu putzen."
Lukas kennt die Frauen und Zimmermädchen. Bei ihm arbeiten zwei tutto fare (Mädchen für Alles) in Festanstellung. Trotzdem tauschen sie mitunter mit ihren Kolleginnen. Vor allem bei Urlaub oder Krankheits- bedingten Ausfällen. Mitunter müssen die Frauen auch nach Hause fahren.
Es gibt oft familiäre oder andere Sachen zu regeln. Toni zeigt ihm die Bilder, die er morgen in allen anderen Hotels zeigen möchte. Ihn interessiert, mit wem von den Einheimischen die Frauen, Kontakt haben oder hatten. Frieda kommt. Sie bedient ziemlich oft draußen. Lukas steht fast immer am Tresen. Er geht selten vor die Tür. Unter seiner Obhut stehen immerhin die Kasse. Auch die Seele des Betriebes in Form von, teilweise, sehr teuren Produkten.
Lukas erkennt zwei oder drei Männer, die bei den Frauen saßen oder mit ihnen kamen. Toni schöpft Hoffnung. Frieda weiß etwas mehr. Wahrscheinlich auch vom Knecht der Familie. Der Knecht ist in Südtirol der Bauerngeselle. Gabriel heißt der Engel des Betriebes. Er ist oft Draußen bei den Tieren.

Frieda erkennt noch mehr Leute. Auch Jugendliche. Sie sagt sogar oft die Namen und Familien. Dem entsprechend lang, zieht sich das Gespräch mit Frieda hin. Es fallen auch die Hotelnamen. Ebenso die Namen von Jausenstationen, Hütten und Hotels.
Frieda ist die Chronistin des Betriebes.
"Viele haben bei uns gelernt und gearbeitet", sagt Frieda voller Stolz.
Mit ihren Schilderungen gibt sie Toni und Monika mehrere Spuren. Monika nimmt Alles auf, damit sie nichts vergisst. Frieda lacht darüber.
"Ich bin vierzig Jahre älter als du. Ich vergesse nie etwas Wichtiges."
"Ich auch nicht", antwortet Monika etwas beleidigt. "Mir geht es darum, die richtigen Erkenntnisse, dann zu haben, wenn ich sie benötige."
"Du machst das schon richtig."
"Wir wollen die Kontakte der Frauen erkunden. Die sagst du uns teilweise auch unterbewusst."
"Jetzt verstehe ich dich. Du möchtest vielleicht wissen, wer mit wem besonders liiert war?"
"Genau das."
Frieda legt die Bilder passend zusammen. Fast paarweise. Es gibt kaum Ungebundene unter der Gruppe. Zu ihnen zählen zwei Söhne von Hotelfamilien und zwei von Restaurantfamilien. Es betrifft das Hotel Gutmut, Wanderhut und die

Restaurants Schleuse und Laterne. Deren Söhne sind wahrscheinlich eine eigene Clique. Toni kann das nach vollziehen. Die Betriebe haben feste Ruhetage. Auch noch am gleichen Tag. Aber dieser Tag ist eben der Montag. Nicht der Dienstag.
Nach dem Familienbesuch, fahren Monika und Toni wieder nach Hause. Frieda hatte ihnen schon das Fleisch vorbereitet. Es wäre auch schon gar. Toni soll es trotzdem noch einmal grillen. Frieda macht das auch so. Das Fleisch wird so saftiger und schmackhafter. Frieda hat zwei Gläser Pilze mit dazu getan.
"Zum Glück müssen wir nicht wandern", sagt Monika. Kaum sind sie zu Hause, kommt Herbert. Er hat ein Sortiment Käse mit. Monika freut sich darüber. Das Frühstück ist für eine Woche gesichert.
Herbert kommt nicht mit dem Auto. Er fährt Ape. Ein Dreirad.
Nach dem Essen fängt Herbert an zu beichten. Iva wollte von ihm kein Geld. Weil er so schön mit ihr tanzt. Dabei lernte Iva eben auch viele Männer kennen, die bezahlen. Das war meine Prämie.
"Iva hat mich immer mit Naturalien bezahlt. Und die waren doch nicht von schlechten Eltern."
Toni kann das bestätigen mit dem, was er gesehen hat. Sie war ein außerordentlich schönes Mädchen.
"Wir wurden immer beobachtet bei unseren Treffen."

Toni wundert sich nicht. Er wird auch immer beobachtet bei Spaziergängen. Er hat sogar das Gefühl, beim Pinkeln beobachtet zu werden.
"Iva ist mit Markus von der Schleuse draußen gewesen. Auch mit den Söhnen der anderen Hotelfamilien."
Toni hat nie nach den Kindern der Hoteliers gefragt. Er schlägt sich an den Kopf. Wieso hat er das nicht zur Sprache gebracht?
"Hast du irgendwelchen Streit bemerkt?"
"Nie. Bei Markus war sie ziemlich oft und lange am Tisch. Sie ging trotzdem, zwischendurch, mit anderen Männern raus an die Luft. Meist nach dem Tanz."
Toni nimmt sich vor, Markus noch einmal intensiver zu befragen. Markus muss das gewusst haben. Er glaubt nicht, Markus hätte sie heiraten wollen. Nicht mit den Kenntnissen. Bei jüngeren Leuten, setzt er noch eine gewisse Eifersucht voraus.
"Ich vermute als Täter, keinen der jungen Leute oder der Tanzpartner. Wir haben alle gewusst, wie Iva und Ema sind. Wir kennen auch die anderen Frauen. Auch Sibyla."
"Kennst du auch Danka und Lenka?"
"Natürlich."
"Ähnlich intensiv wie Iva?"
"Aber sicher."
"Bei dir macht das ja Nichts. Du hast keine Frau

mehr."
"Mein Frau hat mich verlassen. Mit meinem Haus."
"Sie hat doch sicher auch Etwas für das Haus bezahlt?"
"Was?"
"Naja. Sie hat dir das Haus geputzt und die Wäsche gewaschen."
"Das macht meine Mutter. Bei der wohne ich jetzt wieder."
"Wo arbeitet deine ehemalige Frau?"
"Sie arbeitet nicht. Sie hat einen neuen Mann. Der fährt Getränke aus."
Toni will das nicht weiter erkunden. Das ist ein anderes Thema. Wahrscheinlich will sich Herbert nur mal die Seele frei reden.
Monika hört recht aufmerksam zu bei dem Gespräch.
"Wann bist du denn nach Hause gegangen?"
"Ich gehe immer recht zeitig. Weil ich morgens fahren muss. So, gegen halb Elf."
"War da Iva gerade beim Tanzen oder im Betrieb?"
"Sie hat mich verabschiedet."
"Die anderen Frauen auch?"
"Ja. Alle. Sie lieben mich irgendwie."
"Wie viele Frauen waren denn da?"
"So, an die zehn Kolleginnen von Iva."
"Hast du sonst noch Gastronomen gesehen?"
"Zwei Hoteliers waren da. Patrick und Rainer.

Christoph von der Schleuse auch."
Toni geht ein Licht auf. Er muss die morgen befragen.
"Mit wem ist denn Rainer verheiratet?", fragt Toni.
Toni ist nicht auf dem Laufenden bei den Beziehungen.
"Mit der schönen Zuzia. Das ist doch seine ehemalige tutto fare", antwortet Herbert.
"Das klingt polnisch", sagt Monika.
"Ja. Die hat er gleich im ersten Jahr geheiratet. Seine erste Frau ist ja mit einem Schweizer Gast durch gebrannt."
Herbert scheint eine feine Nachrichtenzentrale zu sein. Fast wie die Mutter Monikas. Toni wird sich Herbert öfter zum Grillen einladen müssen.
"Hast du wieder eine Frau gefunden?"
"Schön wär's. Ich suche noch."
"Doch nicht etwa bei den Zimmermädchen?"
"Naja. Die Ema oder eine ihrer Kolleginnen wäre mir schon recht."
"Du bist also nicht eifersüchtig?"
"Die Muschi ist doch kein Stück Seife. Die nutzt sich nicht ab."
Die Drei lachen. Monika kann kaum Luft holen. Sie hat sich gleich verschluckt. Herbert tut ihr irgendwie leid. Allein mit Mama. Herberts Mama ist auch allein. Der Papa ist mit einer Italienerin durch gebrannt.
"Kümmert sich denn die Mama gut um dich?", fragt

sie. Herbert schaut etwas verlegen nach Unten. Monika fragt nicht weiter. Sie hat die Geste verstanden. Sie schätzt, das ist auch der Grund, warum Herbert keine neue Frau hat.
Der Abend geht noch ziemlich lange. Herbert ist eine wahre Schatzgrube, was Nachrichten angeht. Er kommt sehr viel herum und kennt fast alle Leute. Wie ein Briefträger.
Nachdem Herbert gegangen ist, fragt Toni seine Monika, ob sie den Kolibri kennt.
"Nein. Ich habe noch keinen gesehen bei uns hier."
"Kohlemann, Lichtmann und Briefträger. Die hast du sicher schon gesehen."
"Ja doch. Die sind fast so fruchtbar wie unsere Pfarrer."
"Ist das Wasser warm?"
"Noch nicht. Aber wir können noch ein paar Filmchen anschauen bis es warm ist. Vielleicht lernst du noch Etwas dazu?"
"Du hast wohl schon gelernt?"
"Nein. Aber begriffen."
Toni rennt schnell das Wasser anstecken.

## Der neue Verdacht

Am Morgen nimmt sich Toni vor, zuerst bei Markus vorbei zu schauen. Danach möchte er wieder die Hoteliers besuchen. Er fragt sich, ob er nach diesem Besuch noch mit freier Kost beglückt wird. Zweifel schleichen sich ein.
Markus empfängt ihn sehr freundlich. Sein Kaffee ist gratis. Christoph und Helene sind nicht da. Ein paar Stammkunden aus dem Ort sitzen bei ihm. Sie watteln in einer kleinen Runde. Sie sind ziemlich laut dabei. Toni kommt das gelegen. Er möchte sich Zuhörer ersparen. Seine Ermittlungen werden sonst zu schnell zum Ortsgespräch.
Markus führt Toni in die Küche. In der Küche befindet sich die übliche Sitzgarnitur. Nach Kaffee fragt er Toni nicht erst. Er bringt gleich eine große Tasse mit.
"Markus. Ich möchte eigentlich nur wissen, ob du Iva heiraten wolltest."
"Um Gottes Willen. Nie!"
"Wolltest du mit ihr das Restaurant betreiben?"
"Ich wollte sie gern als Angestellte."
"Hat sie dir das zugesagt?"
"Wir waren uns einig. Sie hätte das zu gern bei uns getan."
"Hatte sie denn Erfahrung als Bedienung?"
"Das hat sie mir gesagt."

"Hat sie auch gesagt, wo sie schon als Bedienung gearbeitet hat?"
"Sie hat in den Hotels mit abgetragen."
"Du meinst, zusätzlich zu ihrer Arbeit als Zimmermädchen?"
"Ja. Die Zimmermädchen müssen abends, abwechselnd, beim Servieren des Menüs mit helfen."
"Hat sie darüber mit dir gesprochen?"
"Beim Abtragen bekam sie die meisten Angebote."
"Gab es Konkurrenten wegen der Anstellung bei dir?"
"Schon. Ihr Fleiß und ihr Wesen hat sich herum gesprochen."
"Hast du ihr mehr geboten?"
"Nein. Sie wollte nicht in den angeblich feinen Betrieben dienen. Sie wollte unter Menschen sein."
"Hast du mit ihr bei Doris getanzt?"
"Das weißt du schon?"
"Ja."
"Sicher vom Eintänzer."
"Ja."
"Wir haben uns regelmäßig bei Doris getroffen. Auch die anderen Jungs."
"Gab es Sex?"
"Hin und wieder. Sie wollten aber Geld. Wir wollten aber nicht bezahlen."
"Habt ihr den mit allen Frauen gehabt?"
"Sicher. Ich weiß es nicht genau von den Anderen."

"Habt ihr in der Gruppe nicht darüber gesprochen?"
"Selten. Die Frauen waren uns zu teuer. Hin und wieder gab es einen Tipp für eine Gratisnummer. Die haben wir eben mit genommen."
Die Zwei unterhalten sich noch knapp zwei Stunden. Toni bekommt langsam Druck. Er möchte in die Hotels.
"Sag mir mal die Namen deiner Freunde."
Markus zählt auf. Toni notiert sich die Namen.
Zuerst fährt Toni natürlich ins Hotel Auge. Er möchte auch gleich Danka und Lenka treffen. Kaum ist er da, wird er wie immer von Paul begrüßt. Paul hat die Lederhosen an.
"Heute ist wohl Heimatabend?"
"Wir haben heute Bauernbuffet", antwortet Paul.
Auf die Frage nach Danka und Lenka, antwortet Paul etwas zurück haltend.
"Alle Mädchen sind Oben."
Mit Oben meint Paul sicher das Zimmer von Danka. Toni klopft am Zimmer. Es dauert etwas, bis eine Antwort kommt und sich die Tür öffnet. Die Frauen machen sich gerade zurecht. Im Zimmer riecht es wie auf einem orientalischen Basar. Das Bett liegt voller Unterwäsche.
"Habt ihr die neuen Uniformen anprobiert?"
Die Frauen lachen. Zurecht gemacht, sind sie alle sehr schön.

"Wir ziehen die Trachten an für das Buffet", antwortet Danka.
Toni erinnert sich an diverse Filme der Vergangenheit. Auf der Alm gibts keine Sünde und so weiter. Da sahen die Frauen ähnlich aus. Wahrscheinlich verkauft sich Fleisch am besten, wenn man es lebend anpreist. Gut garniert, versteht sich. Als Edelfleisch über der Lunge.
"Sie sind jetzt zehn Frauen."
"Ja. Wir werden immer mehr", antwortet Danka.
"Sibyla fehlt."
"Sibyla kommt uns höchstens kontrollieren."
"Kommt Sibyla oft?"
"Da müssen sie Paul fragen."
Toni fällt auf, wie Danka ihren Chef nennt.
"Ist denn der Juniorchef auch im Haus?"
"Welchen meinen Sie? Florian oder Klaus?"
Toni zeigt das Bild.
"Florian ist bei seinen Freunden im Sportzentrum."
"Die Chefin? Ist die im Haus?"
"Im Büro. Wenn sie Glück haben."
Toni verabschiedet sich von der Fleischausstellung. Die Frauen pfeifen ihm hinterher. Toni hört das. Jetzt ist er etwas stolzer. Eigentlich hätte er noch etwas bleiben können. Fragen hat er genug im Petto. Die Zeit drängt aber.
Im Büro hinter der Rezeption findet er die Chefin

nicht. Aber Paul.
"Ich wollte mal mit der Chefin sprechen."
"Die hat Florian und Klaus ins Sportzentrum gefahren. Kann ich deine Fragen beantworten?"
"Wir sind ziemlich weit mit unseren Ermittlungen. Näheres sage ich dir nicht. Ich wollte gern deine Söhne befragen. Es geht um die Gruppe unserer örtlichen Jugend."
"Die wissen wohl Etwas?"
"Ganz sicher. Ich möchte sie nur wegen der Frauen und Mädchen befragen."
"Wie gesagt. Sie sind im Sportzentrum."
"Danke, Paul. Wir sehen uns."
"Für die."
Paul wirkte etwas trockener als bei Tonis erstem Besuch. Toni registriert das.
Das Sportzentrum liegt zwischen Rabland und Partschins. Es ist ein imponierender Bau. Sehr schön - mit einer recht guten Aussicht.
Toni staunt nicht schlecht beim Betreten der Restauration. Die Mama sitzt mit ihren Söhnen bei einer Pizza.
"Ist hier noch frei?"
"Aber natürlich", antwortet Margarita. Sie hat sich zurecht gemacht, als wolle sie zum Tanz gehen. Margarita ist eine schöne Frau. Sie lächelt Toni recht offen an. Auf Toni wirkt das etwas aufgesetzt. Er kann

jetzt die zwei Söhne schlecht befragen. Margarita wirkt wie ein Schild. Toni fragt sich, warum die Söhne nicht bei ihrer Clique sind. Die anderen Jungs jedenfalls, scheinen Billard zu spielen. Sie stehen alle zusammen am Billard. Toni verabschiedet sich vorerst und geht zu der Gruppe. Seinen Fotos nach zu urteilen, sind alle Jungen der Familien dort versammelt. Nur Markus fehlt. Das wäre der Aufhänger, um die Jungen zu befragen.
"Ich suche Markus."
"Der ist heute nicht da. Er muss arbeiten."
Die Jungs lachen.
Toni zeigt den Jungs die Bilder der Zimmermädchen. Alle nicken. Die Frauen sind ihnen Allen bekannt. Das ist eigentlich das, was Toni wissen wollte. Die Jungs jetzt in der Gruppe zu befragen, bringt nichts. Er macht mit Allen, Termine aus. Auch mit den Mädchen der Gruppe.
Donato hat inzwischen die Namen der Kinder an Monika geschickt. Toni sieht auf seinem Handy die Nachricht. Genproben und Fingerabdrücke sind von Allen dabei. Als Nächstes wird Toni ins Hotel Gutmut gehen.
An der Rezeption wird er von Patrick empfangen. Die Chefin, Laura, arbeitet gerade an der Bar. Bei ihr ist ein Zimmermädchen. Laura zeigt ihr die Stellen, an denen geputzt werden soll. Das Zimmermädchen

wirkt etwas widerwillig. Laura faucht entsprechend. Sie bemerkt Toni erst, als er auf einem Barhocker - Platz nimmt. Sofort wird Toni von einem aufgesetzten Lächeln empfangen. Das Zimmermädchen nutzt die Chance, sich aufzurichten. Sie geht ein paar Tischdecken holen. Die liegen bereits auf dem Servicewagen neben der Bar. Laura schaut halb abwesend, streng in diese Richtung.
"Das ist Jitka, mein Zimmermädchen", sagt sie.
Toni stößt sich etwas an der Bezeichnung "mein". Jitka ist nach diesen Worten ihr Eigentum. Jitka scheint das nicht zu stören. Sie spricht nur kläglich Deutsch. Toni hat den Eindruck, einen ungarischen Dialekt heraus zu hören. Jitka hat der Chefin ein paar kesse Worte geantwortet. Der Fluch war auf Ungarisch. Den hat Laura zum Glück nicht verstanden. Toni versteht ihn. Bei seinem letzten Fall, Leblos im Schnalser Stausee, hatte er reichlich Möglichkeiten, Ungarisch etwas zu begreifen.
"Ich würde gern mit Brigitte und den Zimmermädchen reden. Das Zimmer muss ruhig sein."
"Wir haben ein freies Zimmer. Dort kannst du die Frauen befragen. Ich rufe an."
"Ich muss auch mit Peter, Simon und Paola reden."
"Ich schaue mal, ob die Kinder da sind."
"Peter habe ich schon gesehen."

"Gut. Den schicke ich mit in das Zimmer."
Das Zimmer ist zur Straßenseite. Wahrscheinlich sind diese Zimmer seltener gefragt. Toni hat aber nicht den Eindruck eines lauten Zimmers. Er findet es nur etwas staubig.
Der Staub reizt Tonis Nase. Er muss nießen. In dem Augenblick kommt Peter ins Zimmer. Toni will natürlich Alle einzeln befragen. Das sagt er Peter. Er soll dafür sorgen, dass die Frauen einzeln kommen. Peter rückt sofort aus, um das zu organisieren.
"Wenn ich mit den Frauen fertig bin, würde ich dir gern ein paar Fragen stellen."
Peter ist einverstanden.
Zuerst kommt eine ausgesprochen schöne Frau. Sie ist etwas verschwitzt. Sie hat versucht, das mit einem Spray zu kaschieren. Toni stellt sich und sein Anliegen vor.
"Iveta", sagt sie, als wäre sie bei einer Verabredung mit einem Freund. Iveta ist Zimmermädchen. Sie arbeitet aber hauptsächlich in der Wäscherei vom Hotel. Dort ist es ziemlich warm, sagt sie entschuldigend. Toni will später mal dort vorbei schauen.
Toni zeigt ihr seine Bildersammlung und fragt sie, wen sie davon kennt.
"Alle."
"Kannten sie auch Iva?"

"Ja. Sie können du zu mir sagen."
"Bist du oft mit ihr ausgegangen?"
"Sehr oft. Peter war in sie verliebt und hat uns oft zusammen ausgefahren."
"Nur Peter; oder gab es auch andere Romanzen?"
"Anfangs ja. Aber dann wurde Iva zu uns in die Wäscherei versetzt."
"Sie hat also hier keinen Zimmerservice mit Abdecken mehr machen müssen?"
"Das war ihr gar nicht so Recht. Sie hatte deshalb weniger Trinkgeld."
"Wie viel Trinkgeld hat sie denn so bekommen im Monat?"
"Iva hat von mehreren hundert Euro gesprochen. Ganz genau hat sie das Keinem gesagt."
"Hat Iva nur hier gearbeitet?"
"Nein. Sie hat in drei oder vier Hotels gedient."
"Hat sie dir das gesagt?"
"Sie hat mich oft eingeladen ins Auge und in den Wanderhut."
"Kennst du auch Markus von der Schleuse?"
"Aber sicher. Wir treffen uns dort oft."
"Kennst du Sibyla?"
"Sibyla hat mich hier her vermittelt. Ich habe sie gefragt, ob sie mir einen anderen Betrieb vermitteln kann. Bis jetzt hat sie es nicht getan."
"Warum willst du weg hier?"

"In der Lingerie verdiene ich zu wenig. Die ist auch nicht gut für mich. Keine Sonne, keine Luft und viel zu warm."
"Wir sind fertig. Danke. Schicke mir mal bitte das nächste Zimmermädchen."
"Heute ist nur noch Jitka da. Die anderen sind schon fertig und gegangen. Jitka hilft mir in der Wäscherei."
Toni bestellt sich einen Kaffee und etwas Wasser. Er will das bezahlen. Der Kellner hat ihm die Quittung mit serviert. Er lacht dabei. Toni soll an der Rezeption bezahlen beim Auschecken. Jitka kommt.
Toni stellt sich vor. Jitka kennt Toni. Wahrscheinlich haben die Frauen schon miteinander gesprochen. Jitka kommt Toni auch bekannt vor. Er glaubt, sie bei Doris gesehen zu haben. Die allgemeinen Fragen beantwortet Jitka wie erwartet. Sie kennt alle Kolleginnen als auch die Jungen des Ortes. Sogar Herbert und Luis. Auf die Frage nach Klaus lacht sie. Er wäre gut bestückt.
"Wie war das Verhältnis hier im Betrieb?"
"Iva ging mit Simon und Peter. Sie ist aber auch oft mit Patrick in die Stadt gefahren."
"Wieso betonst du das so?"
"Intuition."
Toni möchte jetzt heraus bekommen, welche Stadt Jitka meint. Sie soll Patrick zu ihm schicken.
Es dauert keine zwanzig Sekunden. Patrick steht

schon im Zimmer.
"Hast du Draußen gewartet?"
"Nein. Ich war gerade die Zimmer kontrollieren."
"Kannst du mir sagen, welche Stadt dich mit Iva so entzückt hat?"
"Meran und Naturns."
"In welcher hast du denn nun das Bumszimmer?"
Patrick fängt an, etwas nervös zu werden. Toni lacht. Patrick muss jetzt auch lachen.
"Weiß denn Laura davon?"
Toni bohrt noch etwas nach.
"Ich glaube, sie ahnt das", sagt Patrick.
Toni klingt das nicht ehrlich genug. Patricks Mimik verrät das. Er schwitzt leicht und wird rot.
"Nun sag mir mal, mit wem du diese Ausfahrten so unternommen hast. Waren zufällig Ema und Iva dabei?"
Toni wird jetzt ziemlich direkt. Das verwirrt Patrick aber nicht.
"Natürlich. Ich habe alle Frauen ausgefahren. Als Dank für ihre Leistung bei uns."
"Ich würde jetzt gern wissen, in welchen Läden oder Restaurants du mit ihnen warst."
Toni sagt das nicht umsonst. Alle Einrichtungen sind Videoüberwacht. Auch die öffentlichen Plätze samt Parkplätzen. Patrick zählt auf. Die Zwei reden noch etwas.

"Schicke mir mal bitte Laura. Ich muss sie noch etwas befragen."
Patrick will versichert haben, dass Toni den Mund hält. Er verspricht es.
Laura kommt ins Zimmer. Sie hat sich ins Parfüm geschmissen. Toni schätzt, allein die Geruchsprobe in seiner Nase kostet bereits zehn Euro.
Toni fragt sie nach ihren Zimmermädchen.
"Ist dir bekannt, wo die Zimmermädchen tanzen gehen?"
"Sicher bei Doris."
"Gehst du auch manchmal dahin?"
Toni holt etwas aus. Er möchte Laura dazu verleiten, sich zu versprechen.
"Ich war zwei Mal bei Doris. Zum Saisonanfang und auch zum Saisonende."
"Doch nicht etwa, weil da die Spitzbuam spielen?"
"Genau deswegen."
"Warst du allein da?"
"Ja. Einer muss ja im Haus bleiben."
"Waren zufällig deine Zimmermädchen auch da?"
"Alle."
"Wie lange warst du bei Doris?"
"Den ganzen Abend."
"Hast du das so mit Patrick abgesprochen?"
"Ja. Sicher."
"Danke, Laura. Das wars schon."

Laura schaut Toni ziemlich misstrauisch an beim Gehen.

Toni kehrt um. Ihm kommt es vor, als würde Laura hinter ihm her schauen.

"Ich habe eine Frage zur ehelichen Treue."

"Immer zu."

Toni muss jetzt etwas bluffen. Er verwendet einen Tipp von Herbert.

"Es wird gemunkelt, du hättest ein Verhältnis mit Klaus."

Ihrem Gesichtsausdruck nach zu urteilen, glaubt Toni, er hat sie im Sack.

"Welcher Klaus?"

"Einem Kellner aus Deutschland."

Toni drückt sich gewollt, unscharf aus. Er möchte mehr erfahren über Evelina, Mario und die Zimmermädchen.

"Den kenne ich nicht."

"Aber Mario kennst du."

Laura muss das Wissen Tonis befürchten. Toni weiß bereits, was da läuft.

"Ach. Den Klaus meinst du?"

"Ja. Genau den."

"Naja. Der hat Etwas, was Patrick fehlt."

Toni denkt sich seinen Teil. Er wollte schon fragen, 'ein Motorrad?' Seinen Besuchen im Hotel nach, hat er das Extra ziemlich oft. Das scheint auch der Grund für

die häufigen Ausfahrten Patricks zu sein. Jeder Topf sucht seinen Deckel.
"Darf ich von einer beiderseitigen Absprache ausgehen?"
"Nein. Die existiert nicht."
Toni hat genug erfahren. Er möchte Laura nicht länger quälen.
Toni legt die Quittung hin und möchte bezahlen.
"Du musst bei uns nicht bezahlen."
"Danke. Was gibt es heute als Personalessen?"
"Gegrillte Hähnchen."
Toni tropft der Zahn.
"Möchtest du Ein - Zwei mitnehmen für Monika?"
"Zu gern."
Laura ist bedeutend lockerer jetzt. Sie lächelt sogar. Offensichtlich wirkt das Geständnis befreiend. Sie dreht ihr Gesäß durch die Tür, als wolle sie Toni direkt einladen. Der deutsche Kellner scheint Wunder zu vollbringen. Mit jedem Besuch von ihm, verbessert sich der Charakter von Laura.
Toni muss nicht lange warten auf die zwei Gikker. Der Koch hat sie warm eingepackt. Bis nach Oben zu Monika werden sie etwas abkühlen. Laura schenkt Toni die zwei Grillhähnchen. Sie streichelt über den Beutel. Toni begreift das als Anmache. Er kann dem Angebot widerstehen.
Auf dem Weg zu Monika trifft Toni, Gabriel, den

Knecht von Papa - Lukas in der Seilbahn. Gabriel hatte heute Freigang. Gabriel hat auch Gikker eingekauft. Die Zwei scheinen den gleichen Appetit zu haben heute.
"Ich war auch zum Tanz an dem Tag als Iva ermordet wurde", offenbart er Toni.
Toni fragt ganz interessiert, wer noch mit ihm war.
"Silvio."
Silvio ist der Koch von Papa - Lukas.
"Wir haben Ema und Iva auch gesehen. Sie sind mit mehreren Tänzern, einzeln, zeitweise heraus gegangen."
"Habt ihr auch den letzten Tänzer gesehen, mit dem Iva verschwand?"
"Aber natürlich. Es war Simon, der Sohn von Patrick."
"Sonst niemand?"
"Markus von der Schleuse war auch weg mit Iva."
"Das hilft mir schon weiter. Danke."
"Sag Monika einen schönen Gruß von mir."
"Willst du bis zur Boxerhütte laufen?"
"Ich habe Zeit."
"Monika kann dich fahren."
"Das wäre mir Recht."
Toni verschiebt den Besuch vom Wanderhut auf morgen. Er hat heute zu viel erfahren. Monika muss das Alles notieren.
Gabriel geht mit zur Hütte von Toni. Monika wollte

Toni überraschen. Sie wartet schon leicht bekleidet im gut geheizten Wohnraum. Beim Betreten der Hütte rollt Gabriel mit den Augen. In seiner Hosentasche scheint sich Etwas zu ändern.
"Kannst du Gabriel nach Hause fahren?"
"Mach du das mal", antwortet Monika.
Toni legt inzwischen die Gikker ab. Monika riecht bereits, was sich in den Tüten befindet.
"Kannst du das Ding auch fahren?", fragt Toni Gabriel.
"Aber natürlich. Wir haben auch so eins."
Toni geht kurz mit vor die Tür. Gabriel verabschiedet sich ganz brav.
"Ich bring dir das morgen zurück."
Toni kommt gerade der Gedanke, er könnte das Gefährt auch als Leihfahrzeug einsetzen. Das bespricht er auch gleich mit Monika. Monika scheint in einem anderen Zustand zu sein. Sie hört kaum noch zu beim Verspeisen des Brathähnchens. Toni entschließt sich, erst Mal zum Duschen zu gehen. Bei dem gemeinsamen Abendbrot reden die Zwei über ihre Erkenntnisse. Monika nimmt die Fakten gleich mit dem Telefon auf. Morgen will sie das in ihre Dokumentensammlung eintragen.
Nach dem Essen ist das gemeinsame Schäferstündchen dran.
"Du scheinst seit den Videos etwas schärfer geworden zu sein", sagt Toni.

"Und sonst fällt dir Nichts auf?"
"Oh doch. Du bist auch etwas vielseitiger geworden."
"Ja. Das machen deine Hähnchenschenkel."
"Den…Eindruck….habe ich …auch", stottert Toni.
Am Morgen analysieren sie alle Anrufe und Meldungen. Marco hat gesagt, die Familien sind raus aus dem Verdacht. Sie sind rechtschaffene Leute, die ihre legalen Möglichkeiten nutzen. Toni überrascht das nicht. Sein Verdacht konzentriert sich in eine andere Richtung. Er muss es nur beweisen.
"Herbert war noch einmal da."
"Hat er mit dir Videos angeschaut?"
"Beinahe. Ich war schon wieder recht vertieft in dem Studium. Ihm sind noch Personen aufgefallen, die an dem Abend unterwegs waren."
"Sind zufällig die dabei, die in meiner Liste ganz Oben stehen?"
"Aber genau die."
"Auch der Wanderhut?"
"Da willst du ja heute hin, denke ich."
Die Erkenntnisse setzen Toni in eine recht starke Position. Er kann Rainer und Zuzia jetzt etwas unter Druck setzen. Zuzia ist gesehen worden von Herbert. Und wenn Herbert sie gesehen hat, war Rainer sicher nicht weit entfernt.
"Wieso heißt die Tochter von Christoph in der Schleuse, Gabriela?"

"Da müsstest du mal die Mutter fragen."
"Die ist nie da."
"Versuche es abends."
"Aber nur mit dir."
"Ist das eine Einladung?"
"Gabriel hat mir auch von Jacob erzählt."
"Meinst du den Sohn von Rainer?"
"Ja."
"Der ist nie hier. Er studiert in Wien."
"Da hat er sich wohl von hier verabschiedet?"
"Das kannst du Rainer gleich fragen."
Toni fährt als Erstes in den Wanderhut zu Rainer. Er gewinnt den Eindruck, bereits erwartet zu werden. Beide, Rainer und Zuzia, erwarten ihn bereits.
"Wir haben dich kommen sehen. Der Kaffee ist schon bestellt", sagt Zuzia. Ihre Stimme klingt fast wie die einer Liebeshotline. Wenn man sich hier nicht wohl fühlt, dann weiß ich nicht, denkt sich Toni.
"Ihr habt mir Nichts von eurem Sohn erzählt."
"Du hast nicht gefragt danach."
"Geht er auch zu Doris tanzen?"
"Rainer ist nie hier. Er lebt in Wien. Er hat dort eine Wohnung."
"Danke für die Auskunft."
"Wie geht es Monika", will Zuzia wissen.
"Sehr gut. Sie vermisst dich manches Mal."
"Wirklich? Ich muss sie mal besuchen."

"Monika ist bei mir auf der Hütte. Sie würde sich freuen, dich mal wieder zu sehen."
"Sag ihr bitte, ich komme morgen."
"Bring ihr etwas zu Essen mit. Sie hungert sehr."
Beide lachen. Tonis Bemerkung klingt etwas zweideutig. Es ist eine Anspielung auf ihre Zeit in der Boxerhütte.
"Willst du heute etwas zu Essen mitnehmen?"
"Was gibt es denn heute als Personalessen?"
"Haxen."
"Ich glaube, ich bin im Paradies. Wann sind die fertig?"
"In knapp zwei Stunden."
"Dann hätte ich ja noch viel Zeit. Vielleicht gehe ich in die Wäscherei."
"Dort sind nur zwei Mädchen. Die anderen sind noch auf den Zimmern."
Toni geht in die Wäscherei. Er wird die Frauen jetzt nach ihrem Verhältnis mit den Jungen der Hoteliers fragen.
Kaum ist er in der Wäscherei, wird er von einer fast unerträglichen Wärme überfallen. Wie in den anderen Hotels. Entsprechend dünn angezogen sind die Frauen. Bei dem Anblick wünscht er sich wieder, der Zulauftisch der Bügelmaschine zu sein. Vielleicht ist es gerade die gute Behandlung von Monika, die diese Wünsche erst aufkommen lassen.

Die Mädchen sind zu viert. Zwei können noch nicht in die Zimmer. Die Gäste haben es nicht eilig beim Verlassen des Zimmers.
"Waren die schon Frühstücken?", fragt er die Frauen.
"Die waren die Ersten."
"Wahrscheinlich essen sie auf dem Zimmer."
"Ja. Dort sieht es immer aus, wie auf einer Müllhalde."
"Kennt Ihr die Jungens aus dem Ort?"
"Ja, ein paar. Wir kommen hier kaum raus."
"Geht ihr auch zu Doris tanzen?"
"Aber sicher; wenn wir können."
"Wart ihr auch dort am Tag als Iva starb?"
"Ja. Wir waren alle dort."
"An welche Personen könnt ihr Euch erinnern?"
Die Frauen zählen auf. Toni erfährt auch von ihren Chefs. Die waren Beide da. Es gab wahrscheinlich Streit. Sie sind einzeln gegangen.
Toni dankt. Es ist noch etwas Zeit. Er möchte die Frauen auf eine Zigarette einladen. Sie rauchen alle. Er sieht es an den vielen Packungen, die in der Wäscherei liegen. Er neigt etwas dazu, einen Kaffee für alle zu bestellen. Er möchte Rainer gleich anrufen. Das Telefon funktioniert hier nicht. Keine Verbindung. Die Frauen lachen.
"Nix spielen mit dem Telefon."
Toni sieht das Haustelefon. Er ruft in der Rezeption an.

Am Telefon fragt Toni nach Rainer.
"Magda wartet auch auf ihn", ist die Antwort.
"Haltet bitte Magda fest, ich muss mit ihr reden."
Toni verabschiedet sich von den Feen an der Bügelmaschine. Er kann sehr schlecht den Blick von ihnen lassen. Und das, trotz der Behandlung von Monika.
Magda führt ihn zur Jägerstube. Dort vermutet sie die benötigte Ruhe für das Gespräch. Magda ist ähnlich dünn angezogen wie die Frauen in der Wäscherei.
"Wer führt den Betrieb, wenn die Chefs außer Haus sind?"
"Die Rezeption."
"Bist du mit den Frauen in der Laterne gewesen?"
"Ja."
"Bis alle gegangen sind?"
"Nein. Wir sind etwas eher gegangen."
"Alle?"
"Nein."
"Mit wem bist du gegangen?"
"Mit Simon vom Gutmut."
"Kennt ihr euch?"
"Schon. Simon wollte mal."
"Alles klar."
"Ihr geht also nicht als Gruppe nach Hause?"
"Das geht schlecht bei Frauen, die einen Mann suchen."

Toni scheint dazu zu lernen.
"Waren deine Chefs auch dort?"
"Sie haben gestritten. Zuzia wird sehr oft noch angemacht."
"Hast du die Kinder der anderen Hotelfamilien gesehen?"
"Alle."
Die Zwei reden noch eine knappe Stunde. Ohne Kaffee. Das sieht Toni als Zeichen für ihre Heimlichkeit.
"War Klaus und Mario zufällig auch dort?"
"Klaus hatte zu tun. Mario war nur kurz da mit Evelina. Er hat die Rechnung der Frauen bezahlt."
"Mich interessiert noch, ob Gita und Sabrina da waren."
"Beide. Sie waren den ganzen Abend zusammen."
"Waren die Wirte der Schleuse da?"
"Alle. Auch Markus. Markus ist mein Schwarm."
"Danke Magda. Wenn ich noch Fragen habe, komme ich wieder."
"Du kannst kommen, so oft du willst."
Magda schlägt die Beine übereinander.
"Du menstruierst etwas."
"Oh. Scheiße", ruft sie.
Beim Aufstehen kontrolliert sie das Polster des Stuhles.
"Glück gehabt."

An ihrem Kittel war noch nichts zu sehen. Toni bestätigt ihr das nach ihrer aufgeregten Frage.
An der Rezeption fragt Toni, was es heute zum Personalessen gibt. Die Frauen lachen.
"Buffet misto."
Toni verzichtet auf eine Probe. Das hat er auch zu Hause bei Monika. Jetzt könnte er schnell noch zu Sabrina nach Plaus fahren.
Kaum ist er in Plaus, begegnet er gerade Sabrina. Im Auto. Gita ist dabei.
"Wir gehen Einkaufen. Reinigungsmittel für Gita."
"Ist gut, wir sehen uns später. Ich wollte eigentlich nur wissen, ob ihr bei Doris wart."
"Ja. Zusammen. Wir sind auch zusammen gegangen."
Hier kann Toni nichts machen. Die geben sich gegenseitig ein Alibi. Die Zwei stehen auch nicht auf seiner Liste der Verdächtigen.
"Habt ihr Klaus und Mario dort getroffen?"
"Klaus hat uns Geld gebracht."
"Tschüss. Schönen Einkauf." Sabrina zieht ziemlich flott aus Plaus. Im Ort sind Dreißig erlaubt. Sie hat wahrscheinlich freie Fahrt hier.
Eigentlich könnte Toni noch mal zu Sibyla nach Lana fahren. Er ruft an, ob sie da ist. Natürlich. Toni ruft Monika an, ob sie mit nach Lana fahren möchte. Monika freut sich, endlich wieder mal das Haus verlassen zu können. Sie kommt mit der Seilbahn.

"Jetzt kannst du mal sehen, wie mich Sibyla empfängt."
"Wollen wir gleich zusammen gehen oder lässt du mich vorher absteigen?"
"Der Gedanke ist nicht schlecht."
Monika möchte Sibyla beim Balzen erwischen. Die Beiden erhoffen sich, etwas Neues erfahren zu können.
Monika steigt vor der Einfahrt zur Nebenstraße ab. Toni fährt weiter. Wie erwartet, steht Sibyla bereits am Terrassenfenster. Leicht bekleidet. Toni sieht das Wunder. Das Gartentor springt mit einem Summton auf. Mit Fernbedienung. Toni legt die Tür nur an beim eintreten. Sibyla scheint das zu bemerken. Sie drückt die Fernbedienung noch einmal. Toni schließt die Tür und geht zum Haus. Auch diese Tür springt, wie durch Zauberhand, auf. Toni muss nicht eine Tür mit der Hand berühren.
Sibyla empfängt ihn heute etwas trockener. Vielleicht ist Andreas noch im Haus? Sibyla schaut mit den Augen nach Oben. Zwei - drei Mal kurz hintereinander. Andreas ist zu Hause. Nichts ist mit der Überraschung, denkt Toni. Andreas hat das Telefon in der Hand.
"Notruf. Ich muss los. Tschüss Toni."
Keine zehn Sekunden und Andreas war schon außerhalb des Gartenzaunes. Wie durch einen

Startschuss ausgelöst, wirft Sibyla ihr Negligee ab.
"Deswegen bist du doch hier", flüstert sie.
Toni schluckt. Hoffentlich kommt Moni bald. Er weiß nicht, wie lange er dem Angebot widerstehen kann. Monika muss über den Zaun steigen. Auf einmal klingelt das Telefon. Mit einer anderen Melodie als das letzte Mal. Sibyla zieht sofort einen Bademantel über.
"Alarm", ruft sie.
Gerade in dem Augenblick, klingelt Monika an der Eingangstür.
"Doch kein Alarm. Besuch", sagt Sibyla und öffnet die Tür.
"Hoila! Du Monika?"
"Hoila, Sibyla. Wolltest du gerade baden? Störe ich dich?"
Sibyla hat die Frage sofort verstanden. Toni fragt sich, ob die Weiber einen Geheimcode haben. Oder lesen sie das aus den Gesten? Monika sieht jedenfalls nicht besonders friedlich aus.
"Da bin ich ja rechtzeitig gekommen!"
Gut gespielt, denkt sich Toni. Das überzeugt ganz sicher.
"Ich wollte Toni nur meine neue Unterwäsche zeigen", stammelt Sibyla.
"Du hast doch gar keine mehr an", faucht Monika.
Das Weib sieht wirklich gut aus, denkt sie sich.

Toni schaut auf den Schreibtisch. Die Kamera läuft noch. Er zeigt das Monika mit einem Kopfnicken. Monika geht sofort hin.
"Wir nehmen den Computer mit."
Toni schreibt eine Art Quittung aus. Sibyla wird sofort gesprächsbereit.
"Was wollt ihr wissen?"
"Wir hängen etwas an den letzten, zusätzlichen Beweisen. Das, was wir bereits haben, reicht. Wir wollen das nur komplettieren."
"Geht es um die Laterne und den Tanzabend?"
"Ja", antwortet Monika.
"Wir wollen von dir jetzt aufrichtig wissen, wen du alles gesehen hast. Und vor allem, wann."
"Kaffee?"
"Wenn das länger dauert, sehr gerne."
"Ich möchte vom ganzen Abend erzählen."
"Dann kannst du schon mal zwei Liter filtern."
Monika und Sibyla lachen.
Die Erzählung dauert bis zu diesem Augenblick.
"Markus hatte vor der Tür Streit mit seinem Vater und der Mutter."
"Es ging sicher um Iva."
"Ja. Das war aber nicht der einzige Streit, den ich mit bekommen habe."
"Foltere uns nicht so lange."
"Paul hat Florian zurecht gewiesen. Recht laut. Das

haben drinnen Alle gehört."
Das war nur der Anfang.
"Patrick hat mit Laura gestritten. Er hat Peter am Kragen vor die Tür befördert."
"Zuzia war böse mit Rainer. Der hat an Magda herum geleckt."
Alle müssen lachen.
"Wie, herum geleckt?"
"Naja. Er hatte keine Hand frei. Zuzia hat das gesehen und Rainer fast Eine gelangt."
"Wie ich höre, war das ein recht unterhaltsamer Abend."
"Aus dem Grund bin ich auch mit Peter raus gegangen."
"Nicht etwa wegen des jungen Strickes?"
"Du weißt aber schon wieder Alles."
"Danke, meine Liebe."
Die Drei unterhalten sich fast fünf Stunden lang. Inzwischen kommt Andreas wieder.
"Ich muss gleich wieder weg. Ich wollte mich nur mal zeigen."
Sein Dienstauto steht vor dem Grundstück. Mit Blaulicht aber ohne Horn.
"Mach hin. Die Leute denken, hier ist Jemand krank."
"Zum Glück bist du gesund. So, wie du angezogen bist."
Alle lachen zusammen.

"Ich stelle mir gerade vor, wie Deine Wäsche an Monika aussieht."
"Du Ferkel", ruft Monika.
Toni lacht nur dazu.
"Was macht denn eigentlich Klaus und die ganze Firma bei den Tanzabenden?", fragt Toni.
"Das ist nur etwas Talentsuche."
"Die Frauen arbeiten doch so schon alle für Euch."
"Nicht alle. Leider."
"Was?"
"Iva wollte zum Beispiel nicht mehr. Sie war eh nur zwei Mal dabei."
"Wie das?"
"Immer, wenn sie erfuhr, wir wollen drehen, hat sie einfach in einem anderen Objekt gearbeitet."
"Konnte sie das einteilen?"
"Normal hat das Danka getan. Aber Iva hat sie oft auch vertreten. Vor allem dann, wenn Danka bei uns mit gefilmt hat."
"Deinen Laptop bringe ich dir morgen wieder her. Bis morgen kannst du den sicher entbehren."
"Aber natürlich. Stoße dich bitte nicht an den privaten Inhalten."
"Private Inhalte hast du auch?", fragt Moni.
"Auf dem Laptop weniger. Der ist für die Arbeit."
"Also bist du auch ein Pornosammler wie ich?"
"Naja. Der Andi ist ein lieber, guter Mann. Er ist aber

selten da und lebt mit mir auf Abruf. Was das für die Liebe bedeutet, kannst du sicher nach vollziehen."
"Das kann ich. Hast du extra noch Filme?"
"Du kannst meine Sammlung mal anschauen."
"Ich würde die eher kopieren."
"Sagt dir das Etwas?"
"Naja. Mein Vorteil ist auch meine Arbeit. Ich suche Hinweise."
"Die kann ich dir auch geben. Schau auf meinen Laptop. Dort liegen Notizen."
"Welches System nutzt du denn?"
"Linux, wie du."
"Dann dürften wir keine Probleme haben."
"Die Mädchen haben mir schon von gewissen Anzüglichkeiten und Übergriffen berichtet. Das habe ich mir notiert."
"Hast du das zufällig auch aufgenommen?"
"Mehrmals sogar auf Video."
"Wie ist dein Verhältnis zu den Frauen?"
"Naja. Mehrere sind meine guten Freundinnen. Die helfen mir auch bei meinen Engpässen. Andi ist das Recht. Der weiß das."
"Hast du auch die gewissen Hilfsmittel?"
"Ja. Die Frauen holen die bei mir auch bei Bedarf."
"Also, sozusagen, Einer für alle?"
"Das bringt wenigstens Ruhe und Ausgeglichenheit. Es ist traurig genug, tausende Kilometer von zu Hause

entfernt zu sein."
"Tausende?"
"Naja. Meine Frauen kommen auch aus Bangladesch, Pakistan, Indien und Moldawien."
"Du hast keinen leichten Beruf."
"Ich kann mich aber gut in deren Lage versetzen."
"Und deswegen vermittelst du die Frauen auch zu Mario?"
"Seien wir ehrlich. Das ist doch besser als mit diesen Typen in Hotels. Hier ist Klaus der Ehemann. Gut. Klaus hat noch zwei Helfer. Das ist aber ein geschlossenes Team."
"Man könnte fast neidisch werden."
"Soll ich dich bei mir mit eintragen?"
Toni hört die ganze Zeit interessiert zu.
"Dann bist du ja auch eine Kontaktbörse."
"So kann man das auch sagen", fügt Sibyla lachend dazu.
"Der Kaffee ist alle. Wenn ich dich noch einmal brauche, komme ich gern vorbei", sagt Toni lachend.
"Nicht ohne mich", droht Monika. Die scheint etwas neugierig geworden zu sein.
"Schau mal mein Sortiment", sagt Sibyla zu Monika. Toni geht inzwischen zur Kaffeemaschine und setzt sie neu an. Er denkt, das geht noch eine ganze Weile hier.
Im Schloss ist der Schlüssel zu hören. Andreas kommt

wieder.

"Ich habe Pause. Wie lange, weiß ich nicht. Ich mache Vertretung."

"Dann kommt der Kaffee ja Gold richtig", sagt Toni. Andreas sieht müde aus.

"So kommt er fast immer nach Hause", sagt Sibyla.

"Ich verstehe euch", antwortet Monika.

Beide gehen Sibylas Sortiment anschauen. Ein beachtliches Angebot.

"Du handelst damit? Die sind ja noch original verpackt."

"Notgedrungen. Es ist nicht das Beste. Aber in der Not, funktioniert das. Und preiswert ist es auch. Die Frauen können sich das schlecht auf ihr Personalzimmer schicken lassen."

"Ich verstehe."

"Stell dir vor, das Gepäck der Frauen wird unterwegs auf ihrer Anreise kontrolliert."

"Du hast Recht."

"Monika, du hast doch dein Handy mit."

"Ja."

"Wie groß ist dein Speicher?"

"Normal habe ich über zweihundert Gigabyte frei. Ich brauche das für die Aufnahmen von Beweisen."

"Naja, Dann bringen wir unsere Filme auch auf das Handy."

"Tonis Handy hat den gleichen Speicherplatz."

"Na also. Lass uns die Filme auf eure Handys übertragen. Dann musst du den Laptop nicht mitnehmen."
"Hast du auch Schriftwechsel mit den Frauen?"
"Den übertragen wir gleich mit."
"Kannst du uns sonst noch irgendwelche Hinweise geben?"
"Nur vom Tanzabend an Ivas Todestag."
"Dann erzähl mal."

## Die Aufklärung

Sibyla hat Markus mit Iva fortgehen sehen. In Richtung Weiher.
"Warum hast du uns das nicht gleich erzählt?"
"Ich ahnte nicht den Zusammenhang. Aber jetzt, nachdem du Alles erzählt hast, fällt mir das auf."
"Hast du gesehen, ob den Zweien irgend Jemand gefolgt ist?"
"Ja. Markus Vater, Christoph, ist mit Ema in die andere Richtung gegangen."
"Komisch. Ema hat uns davon auch nichts gesagt."
"Das glaub ich gerne. Christoph muss bei Ema nicht bezahlen."
"Du meinst, das vergisst man schnell?"
"Ja."
"Wie sieht das bei den anderen Hoteliers aus?"
"Die müssen alle nicht bezahlen."
"Und deren Frauen?"
"Das Gleiche."
"So wird wohl deren Mitwissen bezahlt?"
"Du hast es erkannt. Sie erhalten auch gelegentlich Prämien von Klaus. Er macht das über die Hotelabrechnung."
"Das verstehe ich nicht."
"Die Zimmer sehen nach der Benutzung eben

besonders benutzt aus. Klaus bezahlt dann statt einen Tag, einen Monat. Für die extra Reinigung."
"Jetzt verstehe ich", stöhnt Monika.
"Wir müssen los. Die Aufnahmen anschauen."
Die Drei verabschieden sich das zweite Mal.
"Wenn wir noch Fragen haben, kommen wir wieder", sagt Toni.
"Zusammen? Gerne!"
Sibyla tätschelt Monika auf den Hintern beim Gehen.
"Zu gerne", flüstert sie noch.
Toni hat das schon gar nicht mehr gehört. Er steht bereits in der geöffneten Tür. Trotzdem fragt er Monika:
"Hat sie dich gerade eingeladen?"
"Nicht nur das. Sie hat mich direkt eingeladen."
"Allein?"
"Ich bin noch am Überlegen."
"Da möchte ich Kameramann sein."
"Andreas sicher auch."
Die Zwei lachen herzlich und laut. Monika küsst Toni intensiv.
"Das wird ein langer Videoabend."
"Du wirst ein paar neue Techniken lernen."
Nach dem Aufsteigen drückt Monika ihr Schambein extra fest an Tonis Becken.
"Mir wird plötzlich so warm am Kreuz. Durch die Kombi. Den Nierenschutz können wir uns sparen

heute."
"Du meinst, dir wird warm durch zwei Kombis."
Toni lenkt gleich etwas ab. Er kann sonst nicht gut fahren.
"Wollen wir bei Markus und Christoph vorbei fahren?"
"Morgen. Wir fahren zusammen."
"Aber vorher müssen wir zu Marco nach Bozen."
"Wir fahren gegen Mittag. Marco wird uns zum Essen einladen."
Monika geht zuerst duschen. Mit kaltem Wasser.
"Wenn das Wasser warm ist, komme ich zu dir."
Toni setzt in der Zwischenzeit die Pfanne auf die Platte. Er hat noch zehn Eier. Es gibt Rührei. Dazu schneidet er zwei Brötchen in Stücke. Die gibt er zuerst in die Pfanne mit reichlich Butter. Das Brot riecht köstlich. Sogar Monika merkt das.
"Der arme Ritter kocht arme Ritter."
Monika steht neben ihm. Sie drückt die Brust an seinen Arm.
"Au!", ruft Toni.
"Du hast mich gestochen."
"Du kannst ja zurück stechen."
Das Ei schmeckt köstlich. Monika holt den Laptop aufs Bett.
"Das Kino beginnt."
"Das sind ja Rohschnitte."
"Um so besser", antwortet Monika.

Die Zwei kommen bis zu Film vier mit dem Anschauen. Danach gewinnen die Filme und Monika. Die Zwei wecken sehr spät auf. Die Brötchen hängen schon an der Tür.
"Von wem erfährt Herbert, wann wir hier Oben sind?" Die Frage lässt Toni keine Ruhe.
Am Morgen schauen die Zwei noch zwei Filme an. Es kommt immer wieder zu Unterbrechungen im Dreh. Dank der Rohversionen, wissen sie jetzt, wer alles vor Ort war. Gelegentlich springt die jeweilige Hoteltür auf. Selten für Bedienungen. Die Chefs, ihre Frauen und selbst deren Kinder, kommen persönlich herein.
„Jetzt wissen wir ganz sicher, die Familien der Hoteliers wissen alle Bescheid", sagt Toni.
Monika dreht den Ton etwas lauter. Sie möchte hören, was gesprochen wird im Hintergrund und zwischen den Aufnahmen.
„Eins sehe ich ganz sicher. Der kann vier Mal kurz hintereinander."
„Der arbeitet wahrscheinlich nur in diesem Beruf."
„Ich frag mich, ob der nicht mal für mich arbeiten könnte."
Beide lachen.
„Du hast doch mehrere Männer im Nachttisch. Die können hundert Mal hinter einander."
Toni lacht. Monika überlegt noch, bevor sie mit lacht.
„Die haben auch keine Launen und reden nicht", fügt

Toni noch dazu. „Obwohl; bei deinem Anblick kann ich keine schlechte Laune bekommen."
Monika ist etwas abwesend.
„Wir müssen nur noch sicher heraus bekommen, wer, wann nach Hause oder ins Hotel gekommen ist", sagt Moni.
„Die Aussagen von den Frauen, wer - wann ging, sind doch schon recht belastbar", antwortet Toni.
„Aber sie sind nicht klagesicher. Sie sind zu verschwommen. Jeder kann sich für diese Zeit etwas einfallen lassen."
„Wir sollten vielleicht die Rezeption noch einmal befragen?", sagt Toni.
„Ich denke an Jemand anders. Garib kann uns sagen, wer wann gegangen ist. Die Meisten melden sich ja bei Doris ab."
„Denkst du, der Täter meldet sich ab?"
„Wie das aussieht, war das nicht geplant."
„So stimmt das nicht, meine Liebe. Das Vorgehen mit dem Stein, sieht nach einer Planung aus. Wir hätten sonst Fingerabdrücke en masse."
„Du hast Recht. Damit wäre zumindest die Körperverletzung geplant gewesen."
„Aber jetzt kommt ein anderer Umstand dazu. Der Täter muss ja befürchten, vom Opfer erkannt zu werden. Das würde eine Anzeige provozieren. Und wenn keine Anzeige erstattet wird, müsste der Täter

Erpressungen befürchten."
„Nicht nur das. Die Angestellten wüssten auch Bescheid."
Die Zwei rätseln noch lange. Nebenbei schauen sie die Videos. Die Erregung lässt langsam nach. Sie können sich mehr auf die Inhalte konzentrieren. In den meisten Filmen arbeitet Iva nur noch mit der Hand und selten mit dem Mund.
„Markus ist da!", ruft Monika.
Sie hält den Film an und spult ihn etwas zurück. Er schaut in Richtung - Iva. Sie zwinkert ihm zu und gibt ein symbolisches Küsschen in seine Richtung.
„Ist der Film in der Schleuse gedreht worden?"
„Es scheint so", antwortet Monika.
„Lass' den mal noch etwas laufen."
Das Warten hat sich gelohnt. Christoph kommt herein ins Zimmer. Monika bemerkt eine Reaktion auf Ivas Gesicht.
„Schnitt", ruft Mario.
Die Reaktion auf Iva's Gesicht passt ihm nicht.
„Musst du gerade jetzt kommen?", ruft er in Richtung Christoph. „Pause."
Das Video bricht ab. Der Ton läuft noch etwas nach. Sehr leise. Monika dreht die Lautstärke bis zum Maximum.
„Ich muss das übersteuern."
Toni staunt, was Monika alles mit dem Laptop kann.

Monika kopiert den Ausschnitt. Sie spielt ihn noch einmal ab. Sie verstärkt mehrmals den Ton.
„Christoph sagt zu Iva, sie hat einen Anruf."
„Von wem?"
„Das muss ich mir noch paar Mal anhören. Christoph scheint einen Namen zu nennen."
„Setze doch einfach mal Kopfhörer auf", sagt Toni.
„Das klingt gut. Das mach ich."
„Dann kannst du auch mit Höhen und Tiefen arbeiten."
Monika macht das.
„Peter!", ruft sie.
Also wird Iva von Peter angerufen. Toni sagt, er muss Peter aufsuchen. Markus natürlich auch. Zu dem geht er zuerst. Nimmt er sich vor. Monika möchte mit gehen.
„Wir müssen uns erst mal duschen. Du Ferkel", sagt Monika.
„Und du erst."
Beide lachen. Toni küsst Monika auf die Brust.
„Hör auf jetzt! Konzentriere dich mal auf den Mord."
Nach einer Stunde schaffen sie gerade knapp die Seilbahn nach Unten. Sie gehen bei Doris vorbei. Toni vermutet Marco dort. Die Vermutung wird zum Volltreffer. Marco sitzt bei einem Kaffee. Zusammen mit Alois. Vor ihnen liegt ein Stapel Papier.
„Bei den Alkoholmengen, konnte sich Iva meiner

Meinung nach, nicht mehr großartig wehren", sagt Alois. "KO-Tropfen sind auch dabei."
„Die Untersuchung hat etwas gedauert. Mit der üblichen Methode konnte ich das nicht bestimmen."
„Gibt es noch zusätzliche Erkenntnisse?"
„Die Spermaproben sind vollständig ausgewertet. Du wirst staunen."
Alois wartet etwas mit der Bekanntgabe. Marco wird ungeduldig.
„Mach schon!"
„Markus ist dabei. Sicher. Und nicht nur das. Auch Christoph."
„Also hat Iva die ganze Familie gelassen?"
„Gewaltspuren sind keine zu finden. Die Damen können wir leider noch nicht nachweisen. Dafür bräuchte es Fingerabdrücke, Haare oder Hautpartikel. Fingerabdrücke suchen wir noch."
„Damit rücken der Markus und der Christoph in die erste Reihe der Verdächtigen", sagt Marco.
Toni und Monika sehen das nicht ganz so. Sie nicken trotzdem. Vorerst. Verdächtige sind nicht die Täter.
„Welche Bespringer sind denn nun noch nachweisbar?", fragt Toni.
„Du nicht", antwortet Alois.
Monika lacht.
„Dafür hätte er gar keine Munition mehr."
Alle lachen.

„Simon und Peter sind dabei."
„Das auch noch", antwortet Toni. Monika schüttelt mit dem Kopf.
„Ich dachte, der Kreis der Verdächtigen engt sich langsam ein. Irrtum."
„Es gibt aber bis jetzt Keinen, dem wir die Tat nachweisen können. Wir bräuchten den genauen Zeitpunkt des Todes von Iva", sagt Toni.
„Den kann ich jetzt so ziemlich sicher bestimmen", antwortet Alois.
Er kramt in seinen Unterlagen.
„Der Tod trat zwischen elf und zwölf Uhr ein."
„Und das ist genau?"
„Das ist das Genaueste, das uns möglich ist."
„Dann müssen wir nur drei Stunden abdecken. Das ist ganz leicht."
„Wieso drei Stunden?"
„Eine Stunde vor dem Mord und eine danach."
„Oh ja. Du hast Recht."
„Wir suchen also die Zeit zwischen zehn und ein Uhr", sagt Monika.
Marco nickt.
„Wir werden uns auf ein Uhr und später konzentrieren. Zehn Uhr ist für uns wirklich schwer nachweisbar", sagt Toni.
„Wir müssen nur nachweisen, wer ziemlich spät nach Hause kam. Und vielleicht auch etwas dreckig."

„Das ist auch leicht zu machen. Ein Uhr sind nicht besonders viele Leute unterwegs", sagt Monika.
„Ja. Aber die Wenigen, die unterwegs waren, müssen wir nur finden", antwortet Toni.
Damit ist Monika einverstanden.
„Gibt es denn irgendwo Videoüberwachungen?", fragt sie.
„Vielleicht in den Hotels und Restaurants?"
Darüber hatte Toni noch gar nicht so nach gedacht. Das wäre der Weg. Obwohl. Die Hoteliers könnten die Aufnahmen vernichten. Vielleicht gibt es öffentliche Aufnahmen? Vielleicht auch Aufnahmen von Leuten, die ihr Grundstück so überwachen?
„Ich würde wieder hoch fahren und das Motiv des Mordes erkunden", sagt Monika.
Toni muss lachen. Marco auch.
„Denkst du, in den Videos das Motiv zu finden?", fragt Marco.
„Auf alle Fälle. Ich habe den Eindruck, in den Tonaufnahmen das Motiv zu finden."
"Wie viele Videos fehlen dir denn noch?"
"Es sind nur noch zwei Videos. Das sind aber die letzten."
"Meinst du die, der letzten Tage vor Ivas Tod?"
"Genau die."
"Dann lassen wir dich noch etwas suchen."
Toni hat sich wieder einen Ausflug zu Markus und

Patrick vorgenommen. Markus will er zuerst besuchen. Mal sehen, ob Christoph und Helene da sind.

"Ich komme mit", sagt Marco.

Die Zwei gehen zur Schleuse. Markus ist da. In der Küche stehen Christoph und Helene.

"Ich habe mit Markus zu sprechen. Das ist Marco, mein Chef aus Bozen."

"Was gibt es so Wichtiges mit Markus zu besprechen, das wir nicht wissen sollen", fragt Helene.

"Es geht um den Mord an Iva. Markus hat telefoniert. Wir möchten wissen, mit wem."

Markus kommt in die Küche. Christoph geht zum Tresen.

"Unter vier Augen", sagt Marco.

Helene folgt Christoph zischend. Sie schimpft laut flüsternd. Die Zwei sollen das hören.

"Markus. Wir haben Filmaufnahmen. Sie reden dort von Telefonaten. Mit wem hast du telefoniert?"

"Ich kann mich schlecht erinnern. Ihr müsst mir da schon etwas helfen."

Toni hat die Aufnahme auf das Handy geladen. Er spielt es Markus vor.

"Hast du bei allen Aufnahmen zugeschaut?"

"Ich hätte sogar beinahe mit gemacht."

"Das ist uns neu."

"Ich habe kontrolliert, was Iva tut."

"Iva sollte wohl keinen Sex mit Anderen haben?"
"Das schon. Aber eher Handarbeit."
"Alles klar. Was ist das Problem dabei gewesen?"
"Ich hatte den Eindruck, Iva wollte mich nicht mehr."
"Mit wem war sie denn oft zusammen?"
"Mit Simon und Peter."
"Und das hat dich geärgert?"
"Ja. Wir haben das schon besprochen. Warum wiederholt ihr die Frage?"
"Wir wollen nur feststellen, ob du bei der Aussage bleibst. War Iva tatsächlich nur bei Peter und Simon?"
"Also ich dachte, Iva hat Etwas mit Patrick. Der hat die Zwei nur vorgeschoben, dachte ich."
"Woran hast du das gemerkt?"
"Naja. Du kennst das ja. Verliebte sehen das mit einem besonderen Blick."
Marco muss lachen.
"Wie Monika."
"Du meinst vielleicht Veronika?"
"Oh ja. Entschuldige Toni."
"Du träumst doch nicht etwa von Monika", fragt Toni.
"Doch. Sehr oft."
"Danke, mein lieber Marco", sagt Toni.
"War Helene mit Christoph auf dem Tanzabend?"
"Ja."
"Zufällig wissen wir etwas von Zeugen. Die haben Christoph zur gleichen Zeit draußen gesehen wie dich

und Iva."
"Nur Christoph?", fragt Markus.
"Nein. Auch Helene. Beide waren mit anderen Personen vor der Tür."
"Also das müsst ihr unbedingt im Beisein meiner Eltern sagen."
"Du willst wohl etwas Druck los werden?"
"Wer will das nicht?"
"Wie habt ihr euch verabschiedet?"
"Iva wollte nach Hause gehen. Wir haben uns auf der Brücke verabschiedet."
"Warum hast du sie nicht nach Hause gebracht?"
"Das habt ihr mich alles schon mal gefragt. Wir hatten etwas gestritten. Ich habe vermutet, sie geht mit einem Anderen."
"Ihr seid demnach im Streit auseinander gegangen?"
"Ja."
"Das hattest du das letzte Mal verschwiegen."
"Das kann sein. Ich will das nicht breit treten."
"Jetzt schicke uns bitte Christoph herein."
"Wir haben ein paar Fragen an dich."
"Bitte."
"Mit wem warst du vor der Tür auf dem Tanzabend? Wie lange? Hat davon Helene gewusst?"
"Das habt ihr mich schon einmal gefragt."
"Wir haben jetzt Zeugenaussagen. Bleibst du bei deiner letzten Aussage?"

"Ich war mit Ema draußen. Sie hat mir Einen runter geholt."
"Und du weißt, wo Helene war?"
"Frag mal Klaus."
"Habt ihr jemand gesehen auf dem Heimweg?"
"Ja. Viele."
"Seid ihr getrennt nach Hause gegangen?"
"Nein. Zusammen."
"Wann?"
"Gegen Elf. Helene muss immer das Frühstück vorbereiten."
"Also das macht nicht Markus allein?"
"Nein. Helene bereitet das vor. Markus macht den Tresen und den Gastraum."
"Und du?"
"Ich mach das Außenrevier und die Reparaturen."
"Wen habt ihr getroffen unterwegs? Ich brauche Namen."
"Naja. Markus hatte Streit. Den haben wir mit genommen. Eigentlich war der halbe Ort Draußen zu der Zeit, zu der wir gegangen sind."
"Habt ihr Rainer, Patrick oder Paul getroffen?"
"Gesehen ja. Aber nicht direkt begrüßt."
"Danke."
"Halt, eine Frage noch. Mit wem habt ihr Peter gesehen?"
"Mit Iva. Ema ist mit Simon gegangen."

"Ist Peter in Richtung Weiher gegangen mit Iva?"
"Ja. Markus hat das gesehen und geschimpft. Ich habe ihm noch einmal gesagt, er soll das Mädchen abschreiben."
"Danke. Wir sehen uns."
"Komm' das nächste Mal mit Monika oder gelaufen. Wegen einem kleinen Umtrunk."
"Ich sage es Monika. Danke für die Einladung."
Marco hat inzwischen mit Helene gesprochen.
"Wir können gehen. Ich habe Alles aufgenommen. Du auch?"
"Ja. Gehen wir zu Doris. Dort können wir das vergleichen."
"Bei Monika oben wäre mir das lieber."
"Was bringen wir ihr mit?"
"Christoph; was gibt es heute als Werksessen bei dir?"
Markus kommt aus der Küche.
"Hähnchenschenkel."
"Kannst du mir mal sechs oder acht Stück verkaufen?"
"Die kannst du so mitnehmen."
"Frisst du dich überall kostenlos durch?", fragt Marco.
"Ich zahle das."
"Gut", antwortet Markus.
Marco gibt Markus dreißig Euro.
"Reicht das ohne Beilagen?"
"Immer. Danke."
Vor der Tür fragt Marco - Toni.

"Wen hast du in Verdacht?"
"Ganz konkret ist das noch nicht. Mir fehlen nur ein zwei Bestätigungen."
"Wo willst du die finden?"
"Wir müssen noch mal mit Ema reden. Eventuell auch mit Julian und Garib."
"Werde bitte mal etwas genauer."
"Ich gehe davon aus, einer der Hoteliers hat Iva eine Hochzeit versprochen."
"Ich sehe erst mal kein Problem."
"Wir müssen heraus bekommen, welcher Familie die jeweiligen Hotels gehören."
"Ah. Jetzt weiß ich, was du meinst."
"Bekommst du das hin?"
"In zwei Tagen."
"Wir machen jetzt also zwei Tage Urlaub."
"Soll ich Veronika bestellen?"
"Du willst dich heute zum Grillabend einladen?"
"Ja. Wir werten unsere Erkenntnisse aus und schmieden einen Plan."
"Bring bitte ein halbes Schwein mit."
"Versprochen. Ich bleibe gleich da und rufe Veronika an."
"Und das halbe Schwein?"
"Das bringt sie mit."
"Die Zauberei musst du mir noch erklären."
"Später. Auf zu Monika."

Toni ruft schnell Monika an. Sie soll sich fertig machen. Er möchte Überraschungen vermeiden. Monika lässt es fünf Mal klingeln. Sie hat wahrscheinlich keine Hand frei.
"Wir kommen dann mit Marco und Veronika zum Grillen."
"Das passt mir gut. Ich bin gerade fertig geworden mit den Videos."
Beide lachen am Telefon. Monika ahmt etwas das Stöhnen in den Videos nach am anderen Ende. Toni begreift, was das bedeutet.
Die Zwei fahren mit der Seilbahn hoch. Veronika kommt mit dem Auto. Sie wird eine Stunde brauchen, denken die Zwei. Monika wartet bereits an der Seilbahn. Sie hat sich schick gemacht. Auf dem Weg zur Hütte, klärt sie die Zwei über ihren Kenntnisstand auf. Sie hat noch mehr gefunden. Alle Hoteliers und deren Familien sind auf den Videos zu sehen oder zu hören. Nicht als Akteure. Aber mit sehr deutlichen Hinweisen. Monika hat das in einem Extravideo zusammen geschnitten. Sie ist sich sicher mit der Beweiskraft der Aufnahmen. Schließlich sind die Aufnahmen von ihnen selbst gemacht worden.
In einem Video geht es um eine Hochzeit. Iva hat dort angedeutet, der Auserwählte hängt fest an ihrer Angel.
Die Zwei wollen die Aufnahme natürlich sehen und

hören. Inzwischen sind sie an der Hütte angekommen. Monika spielt das Video ab.
Alle sind sich sicher, den Täter unter den Hoteliers zu finden. Jetzt ist es eben wichtig, zu erfahren, welchen Familien die Anwesen gehören. Es benötigt vielleicht noch die Eheverträge. Das hat Marco nach seinen Angaben schon in Auftrag gegeben. Die kommen schon morgen per Email.
In einem anderen Video, sehen die Drei, wie Iva - Christoph abfertigt. Er hätte auch um ihre Hand angehalten. Markus und auch Helene haben das scheinbar gehört. Das erklärt auch die gereizte Stimmung in der Schleuse.
"Helene wird in Zukunft nur noch weniger reizvolle Frauen zur Reinigung der Schleuse zulassen."
Die Drei amüsieren sich über den Kommentar von Marco.
"Im Vollschleier", setzt Toni nach.
"Im Vollschleier ohne Unterwäsche", ergänzt Monika.
"Du meinst doch nicht etwa Nonnen?"
"Das wird ein lustiger Abend", glaubt Marco.
"Gabriel kommt auch noch. Bei Herbert bin ich mir nicht sicher", sagt Monika.
"Na das wird eine Großparty", antwortet Marco.
Kaum sind sie an der Hütte, kommt auch schon Veronika mit dem Auto. Sie hat tatsächlich fast ein halbes Schwein mit. Zwei Rücken, zwei Kämme und

einen Bauch.
"Wie viele Gäste erwartest du denn?", fragt Marco.
"Zehn Hungrige?"
"Rufe bitte mal Donato an", sagt Toni zu Marco.
Marco tut das.
"Donato bringt einen Kollegen mit."
"Dann reicht es gerade so", sagt Toni und lacht.
"Ja. Der Stab ist dann voll. Wir können eine Falle bauen", sagt Marco.
"Wo ist Ema. Die brauchen wir auch?", fragt Toni.
"Ema wollte nicht kommen. Sie ist bei ihren Eltern."
"Hast du das schon mit ihr besprochen?"
"Das machen wir morgen mit den Eltern zusammen."
Alle hören eine Ape kommen. Herbert. Er hat Käse mit und allerlei Zugaben.
"Hast du Donato getroffen?"
"Weiter unten kommt er. Ich habe ihn nicht überholt."
Alle müssen lachen.
Es dauert nicht lange und Donato kommt. Mit einem Kollegen. Sie haben zwei Fässchen Forst mit.
"Das haben wir in Algund beschlagnahmt", scherzt Donato.
Die Party ist gerichtet. Das Wetter ist vorzüglich. Die Abendsonne verschwindet gerade hinter dem Vinschgau. Bei einem heiteren Rätsel, hinter welchem Berg die Sonne im Vinschgau verschwindet, gewinnt Donato. Ein Italiener. Alle lachen.

Noch vor dem Essen, beschließen Marco, Toni und Monika ihren Plan. Ema soll ihren Kolleginnen einen Zettel schreiben.

"Ich weiß, du warst es. Das kostet fünfzig Tausend. Ich warte am Weiher."

Die Kolleginnen sollen das in die Privatwäsche der Hotelier - Familien geben.

Das Email mit den Besitzverhältnissen erwartet Marco auf dem Telefon. Vielleicht schon heute Abend auf der Party. Das erleichtert dann die Festnahme.

Ema soll die gleichen Sachen anziehen wie Iva. Die Zeit des Treffens soll Ema mit angeben. Nachmittag. Wenn sich noch andere Leute auf dem Wanderweg befinden.

Die Kollegen sollen entlang des Radweges, Stellung beziehen. Marco rechnet mit der Flucht des Täters. Sie sind sich nur nicht sicher, mit welchem Fahrzeug der Täter anrückt. Mit einem Auto jedenfalls, wäre der Täter schnell geschnappt. Käme er mit dem Fahrrad, hätte er gute Chancen, sich abzusetzen.

Die Party dauert bis zwei Uhr früh. Donato ist schon etwas eher gefahren. Auch Herbert. Gabriel geht als Letzter. Er möchte den Abendspaziergang genießen.

"Streite dich nicht mit den Wildschweinen", scherzt Monika.

"Hast du das Wasser schon angesteckt?", fragt sie Toni.

"Du willst wohl unbedingt durch machen?"
"Nein. Ich will dich durchnehmen."
"Ich bin müde und habe Kopfschmerzen. Und besoffen bin ich auch."
"Also bist du wehrlos?"
"Ganz nicht. Ich habe noch ein Schwert!"
"Du meinst einen Türkensäbel"
Bei der Frage zieht sich Monika langsam aus.
"Ich glaube, der Säbel entwickelt sich langsam zum Berserker."
Toni hört schon das Wasser plätschern.
"Jetzt ist es ein Wikinger", ruft er.
"Dann wasch mir den Rücken, du Recke."
Das Rückenwaschen und Massieren dauert bis zum Morgen. Toni ist wieder nüchtern geworden dabei.
Der Morgen beginnt später als erwartet. Die Beiden wecken spät auf. Toni hat vergessen, den Wecker zu stellen. Das Telefon klingelt aber. Marco ist dran.
"Wo bleibt ihr?"
"Wir haben verschlafen."
"Wir warten bei Doris."
"Ist Ema schon mit der Post unterwegs?"
"Die ist schon verteilt. Ema hat das noch in der Nacht getan."
"Da hast du wohl durch gearbeitet? Wir kommen."
Die Zwei fahren zu Doris in die Laterne. Julian ist auch da.

"Ich wollte noch etwas sagen. Paul hat diesen Abend Florian gesucht. Patrick hat mich nach Peter gefragt."
"Und du hast ihnen gesagt, die sind draußen?"
"Zu Paul habe ich gesagt, Florian ist mit Paola unterwegs. So habe ich das gesehen. Patrick hat mich gefragt, wo Peter ist. Ich habe ihm geantwortet, er wäre mit Jitka oder Iveta draußen."
"Danach ist er gleich raus gegangen?"
"Ja. Er war ziemlich hektisch."
"Danke, Julian."

Donato weist seine Kollegen an. Getränke mit zu nehmen und sich auf Lauer zu legen. Marco tut das Gleiche. Sie verteilen die Standorte. Das Handy ist der Sprechfunk. Alle sollen auf sehr leise stellen und den Ohrstöpsel in ein Ohr stecken.

Toni und Monika, Marco und Donato, suchen sich Stellen, von denen sie reichlich Überblick haben und nicht gesehen werden. Es gilt zu warten. Zum Glück haben Toni und seine Kollegen ein paar Spiele auf dem Handy. Sie können sich die Stunden der Wartezeit damit etwas verkürzen.

Es sind schon reichlich Radfahrer und Wanderer unterwegs. Die Einen gehen sehr gemütlich. Andere scheinen verkrampft. Sie schwitzen. Die wollen wahrscheinlich binnen kurzer Zeit, zwanzig Kilo los werden. Sie sehen aus, als würde jeden Abend das Buffet gewinnen. Monika muss lachen.

Sie weiß jetzt, warum die Toilettenränder immer voll gepinkelt sind. Die finden ihr Hähnchen nicht rechtzeitig. Einer zeigt es ihr direkt vor ihrer Nase. Monika würde hier gern ihren Dauerstützpunkt einrichten. Sie schlägt kurz mit einem Stöckchen in das Laub. Der Pinkler erschrickt und trifft eher mehr die Hose und sein Bein.
"Entschuldigung", ruft er und verschwindet schnell. Bei dem Spielzeug hätte er sich nicht entschuldigen müssen, denkt sich Monika. Schade, dass Toni das nicht sehen konnte. Er wäre vielleicht neidisch geworden. Toni hätte eher das Glück, die weißen Wunder der Wanderinnen sehen zu können. Die haben sich am Frühstücksbuffet wohl etwas zurück gehalten. Oder beim Kaffee? Toni spielt inzwischen sein Lieblingsspiel. Super Mario. Er wird deswegen oft ausgelacht. Es gäbe modernere Spiele. Monika hält sich eher mit Solitaire auf. Sie spielt Pysol. Vegas Klondike. Das kann Monika stundenlang spielen. So, als würde sie das gewonnene Geld behalten dürfen. Zum Glück muss sie die Minus nicht bezahlen. Toni lacht immer, wenn sie enttäuscht ist.
Paul kommt mit dem Fahrrad. Mit dem Rennrad. Er fährt etwas rücksichtslos. Er bräuchte faste eine Sirene wie die Feuerwehr, um sich Platz zu halten. Gefolgt wird er von Rainer. Rainer holt ihn sogar ein. Man grüßt sich.

"Fährst du zu Christoph?"
"Ja."
"Ich lade dich zum Kaffee ein."
"Gerne."
Die Zwei fahren gemütlich weiter. Sie reden laut beim Fahren.
Patrick kommt. Nicht allein. Mit ihm fahren Peter und Simon. An der Parkbank hält Patrick an.
"Fahrt mal weiter. Ich hole euch ein."
"Du? Niemals!", sagt Simon.
"Wollen wir wetten?"
"Zehn Euro", antwortet Peter.
"Abgemacht."
Die Zwei radeln los wie angestochen. Patrick setzt sich und zündet sich eine Zigarette an. Ema kommt gelaufen. Von Unten, aus Richtung Gewerbegebiet. Sie geht zu Patrick.
"Hallo Ema. Hast du Alles mit? Ich habe deine Schrift erkannt."
"Hast du das Geld mit?"
"Ja. Hier. Einen Block mit Verrechnungsschecks."
"Kein Bargeld?"
"Das nützt dir wenig. Du kannst nur tausend Euro einzahlen."
"Warum die Schecks?"
"Ich habe dir die Schecks wie Lohnschecks geschrieben. Es sind dreißig Stück. Alle

unterschrieben und ausgefüllt."
"Du denkst, das funktioniert so?"
"Du kannst die überall einlösen. Das wird auf dein Konto überwiesen. Als Kennung habe ich Lohnrückstand geschrieben."
Ema nimmt die Schecks.
Toni und Monika nähern sich langsam. Patrick bemerkt das. Er schwingt sich auf sein Rad und tut so, als würde er die Zwei nicht bemerken.
Zunächst bewegt er sich langsam weg von dem Rastplatz. Kaum ist er auf dem Bitumen, gibt er Gas. Monika bemerkt noch, er biegt in die Gewerbezone der Töll ab. Das spricht sie ins Handy. Dort wartet bereits Donato und seine Kollegen.
"Hast du die Geldübergabe fotografiert?", fragt er Monika.
"Fotografiert und gefilmt. Toni hat es gefilmt."
"Na hoffentlich hast du ruhige Hände", sagt Donato.
"Keine Angst. Ich konnte das Handy ruhig stellen."
Donato bringt Patrick auf die Wache in Rabland. Patrick scheint damit überführt. Ema will Toni die Schecks geben.
"Die braucht ihr sicher noch für die anständige Beerdigung deiner Schwester."
Wo er Recht hat, hat er Recht, denkt sich Ema. Die Mama wird sich freuen. Wenn es mit den Schecks so funktioniert wie gedacht.

Marco hat die Auskünfte schon bekommen. Das Gutmut gehört der Familie von Laura. Patrick ist ein geheiratet. Toni muss jetzt die Befragungen abwarten. Er traut sich nicht, Schuldsprüche zu verkünden.
Nach der Verhaftung, lassen sich die Carabinieri bis zum kommenden Morgen - Zeit. Patrick wird beobachtet. Er findet die ganze Nacht keine Ruhe. Inzwischen hat auch Laura angerufen. Mehrmals. Sie hat einen Anwalt beauftragt. Er wird am Morgen erwartet. Als sie Patrick besuchen wollte, wurde sie wegen der Öffnungszeiten abgewiesen. Donato hat das so gewollt. Er hat die Rollos am Fenster in Richtung Saringstraße herunter gelassen. Laura kann nicht ins Büro schauen. Sie geht nach Hause. Donato möchte auf Patrick etwas Druck ausüben. Vielleicht gesteht er seine Tat gleich am Morgen?
Toni geht mit Monika zu Doris. Sie wollen eine Pizza essen. Beim Betreten des Gastraumes, hören die Männer am Tresen sofort auf, sich zu unterhalten. Es herrscht Totenstille. Garib sieht die Zwei kommen und fängt gleich an, die Pizzen zu belegen. Toni muss nicht bestellen. Garib nickt schweigend. Monika nickt schweigend zurück. Doris wirkt etwas aufgelöster. Sie lässt zwei Bier ein.
"Bier?"
"Ja."

Das waren die ersten Worte seit dem Betreten des Gastraumes. Monika schlägt die Richtung Vereinszimmer an. Toni folgt ihr. Auch Doris mit dem Bier. Hier sind sie allein. Vorne scheint die Stille beendet. Man redet wieder miteinander. Etwas leiser. Immerhin gilt zu erfahren, was im Vereinszimmer gesprochen wird. Drei Männer vom Tresen setzen sich an den Tisch, der vor der Tür zum Vereinszimmer steht. Beim Gehen bemerkt Doris die Männer.
"Pizza?"
Die Männer wollen sich nicht schämen.
"Wie immer. Auch zwei zum Mitnehmen."
Garib freut sich. Umsatz wegen Neugierde.
Garib bringt die Pizza persönlich zu Monika.
"Habt ihr ihn?", fragt er flüsternd.
"Ja. Er sitzt auf der Wache", antwortet Monika flüsternd.
Garib wirkt erleichtert. Er hat Iva immerhin ziemlich lieb gehabt. Als Freundin. Iva hat ihm ein paar Mal beim Abspülen geholfen. Nach der Mitteilung wirkt er erleichtert. Er hat Tränen in den Augen.
"Deine Pizza wird nass", sagt Monika.
Garib zwingt sich zur Ruhe. Er geht. Beim Gehen wird er von den drei Männern beobachtet. Die fangen gleich an, rege zu tuscheln.
"Lass uns Duschen gehen", sagt Monika zu Toni.
"Bist du zufrieden mit dem Ausgang heute?"

"Ganz noch nicht. Wir werden sehen."
Alle haben sich verabredet, morgen bei Donato zu sein. Auch Marco.
"Zu lange können wir heute nicht auhuckn", sagt Toni zu Monika.
"Das werden wir sehen", antwortet sie und zwickt ihn in den Oberschenkel. Toni verzieht etwas das Gesicht.
"Das gibt einen Saugfleck."
"Der wird nicht der Einzige bleiben."
Die Zersteuung tut den Zweien recht gut. Am Morgen wirken sie ausgelöst. Das Frühstück besteht heute aus Eiern. Neun Uhr müssen sie Unten sein.
Bei Doris ist es noch dunkel. Marco sitzt nicht da.
Beide gehen zu den Carabinieri. Sie sind die Letzten.
Der Kaffeeautomat von Donato arbeitet bereits.
"Wir haben gewartet", sagt Donato.
Die Versammelten machen sich aus, was sie Patrick für Fragen stellen.
"Ich habe auch Laura eingeladen", sagt Donato.
"Nur Laura?", fragt Toni.
"Nein. Sie kommt mit ihren Söhnen."
"Befragen wir die einzeln?"
"Das würde ich zuerst versuchen."
Zuerst ist natürlich Patrick dran. Er wurde gefragt, ob ein engeres, intimes Verhältnis mit Iva bestand.
Patrick gibt es zu. Auf die Frage, ob auch andere Frauen in seinem Bett lagen, antwortet er gleich.

"Warum hast du dich mit Ema am Weiher getroffen?"
"Sie wollte Geld von mir."
"Hat sie eine Gegenleistung angeboten?"
"Sie wollte mir Beweise übergeben."
"Welche Beweise?"
"Iva wollte mich heiraten."
"Hast du Iva zu gestimmt?"
"Iva hat das von ihren Freundinnen bezeugen lassen. Ema hat mir die Dokumente übergeben."
"Hat Laura davon gewusst?"
"Von mir noch nicht. Ich habe ihr nichts gesagt."
"Was wäre die Konsequenz gewesen im Fall der Hochzeit mit Iva?"
"Ich hätte dann mittellos da gestanden."
"Hat das Iva gewusst?"
"Sie hat versprochen, sich darum zu kümmern."
"Wie?"
"Das hat sie mir nicht gesagt."
"Seid ihr deswegen in Streit geraten?"
"Wir hatten keinen Streit."
"War noch Jemand zugegen?"
"Wir waren allein."
"Wo waren deine Söhne?"
"Ich habe sie weg geschickt."
"Hast du Iva geschlagen?"
"Nein."
"Hast du Iva KO-Tropfen gegeben?"

"Nein. Was ist das?"
Patrick wird ins Nebenzimmer geschickt. Jetzt wird Klaus befragt. Neben dem Namen und vieler Fragen zu den Tätigkeiten, den Frauen und den Filmen, kommt auch die Frage nach KO-Tropfen.
"In einigen Rohfilmen von dir haben wir vermutet, den Frauen wurden KO-Tropfen gegeben. Wir haben dazu auch Aussagen von Danka und Sibyla."
Das ist ein Bluff. Denn Danka und Sibyla haben gesagt, sie wüssten davon nichts.
"Ja. Das haben wir verwendet."
"Hast du davon Anderen etwas gegeben oder verkauft? Wir haben Aussagen über Drogen."
"Ja."
"Auch an Patrick und Laura?"
"Ja. Ich habe damit auch Zimmerbenutzung bezahlt."
"Was? Gab es etwa mehrere Lieferungen?"
"Ja. Die Zwei haben recht viel gebraucht."
"Könnte es sein, die Zwei haben selbst auch Filme gedreht?"
"Durchaus."
Donato schickt sofort zwei Kollegen los. Sie sollen die Privaträume Patricks durchsuchen.
"Wir suchen Filme in digitaler Form", sagt er zu den Zweien. Die Zwei fragen, ob eine Erlaubnis der Staatsanwaltschaft vorliegt.
"Nein. Patrick hat das genehmigt. So steht es im

Protokoll."
Klaus muss lachen.
"So einfach geht das."
Klaus wird vorerst entlassen aus der Befragung. Peter soll kommen. Peter wird zu allen Punkten befragt. Es gibt keine neuen Erkenntnisse. Er hat sich aber versprochen wegen der Filme.
"Wir haben dich auf Videoaufnahmen gesehen."
"Ist das verboten?"
"Nein. Nicht direkt. Das ist Privatsache. Hast du selbst in Videos mit gespielt?"
"Ja. In Privatvideos."
"Mit Iva?"
"Nein. Ich wollte Iva heiraten."
"Wäre das ein Hindernis?"
"In meinen Augen, schon."
"Waren die anderen Zimmermädchen dabei?"
"Ja."
"Haben die geschlafen beim Verkehr?"
"Manche. Sie waren betrunken."
Peter wird von der Befragung entlassen. Laura soll kommen.
Laura ist jetzt schon das zweite Mal zur Befragung. Laura soll jetzt erklären, ob sie selbst Privatfilme gedreht hat.
"Nein", sagt sie.
"Wir haben gerade eine Hausdurchsuchung

beauftragt. Demnach dürften wir keine Filme von dir finden, Laura", sagt Toni. Monika redet noch einmal auf sie ein.
"Wenn die Etwas finden...ist das Meineid."
"Ja."
"Habt ihr die Mädchen mit KO-Tropfen betäubt?"
"Nein."
"Wir haben aber andere Aussagen. Auch von den Frauen."
"Das könnt ihr nicht beweisen."
"Doch. Klaus hat die Lieferung zu gegeben."
"Gut. Patrick hat den Frauen in der Bar ein paar Tropfen rein gegeben."
"In der Bar hast aber du gearbeitet; nicht Patrick."
Tonis Telefon klingelt.
"Wir haben die Filme gefunden."
Toni gibt Marco sein Telefon. Donato hört auf der anderen Seite.
"Bringt sie gleich mit. Auch die Laptops und Computer."
"Die Computer sind am Netzwerk. Die Rezeption arbeitet damit. Da ist nichts drauf", sagt Laura.
"Lasst die Computer stehen", sagt Marco am Telefon. "Bringt die Speichermedien mit."
Der Kollege kommt mit der ersten Lieferung gefahren.
"Ich muss wieder weg. Es gibt noch mehr."

Laura gibt ihm einen Schlüsselbund mit.
"Ihr müsst das teure Möbel nicht aufbrechen. Hier sind die Schlüssel."
"Gut. Wir waren schon am teuren Möbel."
Marco schlägt die Videodateien auf.
"Tatsächlich. Klaus hat Recht. Hier sind die Videos."
"Sogar Brigitte, die Gouvernante. Als Opfer. Auch Ema."
"Hier, hier ist Laura."
Laura war mit einem Gürtel bewaffnet. Sie wird gerade knallrot. Toni ist sich sicher, die gesteht jetzt Alles. Marco geht mit Laura in ein Extrazimmer für ihr Geständnis. Toni lässt Patrick kommen. Den befragt er zusammen mit Monika.
"Laura gesteht. Sie ist bei Marco."
Patrick macht ein finsteres Gesicht.
"Wir haben eure Filme gefunden. Die anderen kommen noch. Ihr seid alle dabei."
"Ema war schwanger. Sie ist aber zu Hause versprochen und hat abtreiben lassen. Dafür hat Iva von mir verlangt, ich soll sie heiraten. Über sie sollte Ema von mir entschädigt werden."
"Und weiter?"
"Sie bestand auf die Heirat. Ich hätte damit Anteile von Lauras Familienbesitz verloren. Das konnten ich nicht zulassen. Laura hätte sich scheiden lassen."
"Also hat Iva euch erpresst?"

"Laura nicht direkt. Nur mich. Unser gemeinsamer Besitz wäre geteilt worden. Das betrifft alle Neubauten. Die hat unsere Familie gesichert."
"Wie kam es zum Mord?"
"Ich gehe mit Iva spazieren zum Weiher, um das mit ihr zu besprechen. Sie hat nicht nach gegeben. Sie wollte mehr und mehr."
"Wie hast du ihr die Tropfen verabreicht?"
"Ich habe eine Flasche Cola mitgenommen. Wir haben unterwegs daraus getrunken. Ich habe das nur vorgetäuscht."
"Und?"
"Auf der Bank ist sie eingeschlafen. Sie hat die ganze Flasche ausgetrunken. Sie bekam immer mehr Durst."
"Und dann?"
"Dann habe ich sie zu dem Steinhaufen getragen. Steine auf sie gelegt. Einen direkt auf den Kehlkopf. Dort habe ich noch mehrmals drauf gedrückt. Die anderen Steine habe ich noch Oben drauf gelegt. Ich bin mehrmals auf die Steine gestiegen."
"Du hast sie lebendig begraben!"
"Ich glaube, sie war nicht mehr lebendig."
"Das muss das Gericht entscheiden, Patrick. Ich bin enttäuscht von dir. Auch von Laura. Hat sie davon gewusst?"
"Nein."
"Auf den Videos sehen wir gerade, wie ihr restlos

betäubte Frauen fickt. Macht dir das wirklich Spaß?"
"Eigentlich nicht. Irgendwie sind wir da rein gerutscht. Ich denke, das lag an den Pornos die wir gedreht und gesehen haben."
"Die Frauen müssen doch etwas gewusst haben?"
"Sicher. Gesagt hat keine Etwas. Aber gelegentlich Etwas angedeutet."
"Wie habt ihr darauf reagiert?"
"Mit etwas Geld und dem Versprechen, mit ihnen weiter zusammen zu arbeiten."
"Wie war das mit Iva?"
"Iva wollte das nicht. Sie wollte auch keine Filme drehen. Sie wollte heiraten. Entweder Peter oder mich. Sie drohte, das zu veröffentlichen oder der Polizei zu melden. Für mich gab es keinen Ausweg."

**Sehr geehrte Leser,**

das ist jetzt vorerst der letzte Krimi von mir. Es folgt
**Karinka**
Karinka ist ein Liebesroman, in dem es um Abenteuer, Liebe und Betrug geht. Der spielt wie alle meine Novellen in der Gastronomie. Im Umfeld der Saisonkräfte. Nach diesem Titel, kommt das Kochbuch:
**Die Sparsame Küche**
Darin führe ich Sie in die autarke, Energie und Kosten sparende Eigenproduktion von allen Lebensmitteln ein, die Sie gern verzehren. Danach kommt:
**Der Saisonkoch - Sommersaison - 2.Teil.**
In diesem Teil stelle ich Ihnen auch ein paar Rundreisen an den freien Tagen vor. Wir fahren in die Toskana und an den Comer See.
Danach folgt der zweite Teil von:
**Joana**
In diesem Teil suchen die zwei Hauptfiguren eine Arbeit. Sie möchten auch wieder ein Geschäft führen. Das gelingt nicht wegen fehlenden Dokumenten.

**Ich danke Ihnen für Ihre Treue**
**KhBeyer**

## Handel

Alle meine Bücher erhalten Sie gedruckt als auch als Ebook, teilweise als Rohdruck, als auch redigiert, bei Amazon und Books on Demand. Ich versuche noch andere Vertriebswege zu finden.
Ebooks, unbearbeitet in Rohform als auch in Form eines Entwurfes, erhalten Sie günstig bei mir auf meinen Blogs oder, indem Sie es bei mir bestellen:

dersaisonkoch.com
oder
dersaisonkoch.blog

Meine Bücher können Sie mit der ISBN in allen Buchhandlungen in Ihrer Nähe bestellen.
Signierte Bücher bestellen Sie bitte bei mir.

info@dersaisonkoch.com

Geben Sie bitte den jeweiligen Titel als Betreff ein. Das automatische Virenprogramm meines Providers neigt etwas zur übertriebenen Löschung von Emails.

**KhBeyer**
**der**
**Saisonkoch**

© 2023, Kh Beyer
Herstellung und Verlag:
BoD – Books on Demand, Norderstedt
ISBN: 9783734762093